PEDRO ROJAS PEDREGOSA

VIAJE
AL
NORTE

WANCEULEN
EDITORIAL

Ediciones Moreno Mejías

Las cosas con vos no marchaban del todo bien
no fue mi intención dejarte, no tuve otra opción.
Sin embargo encontré otra solución:
los pasajes sobre la mesa esperan, que mejor que...
Un viaje al norte...Un viaje al norte
...
voy cruzando el sendero solo
dejando atrás la realidad
¿y de que me sirve?
si mañana amanecerá
y otra vez sumergido en la verdad.
Un viaje al norte...

Letra de la canción

Un viaje al norte
Intérprete: La Mocosa

Si un hombre cualquiera, incluso vulgar,
supiera narrar su propia vida,
escribiría una de las más grandes novelas
que jamás se haya escrito.

Giovanni Papini
-Poeta-

A Eva María

ÍNDICE

Prefacio

Viaje al Norte es mi primera novela. Con ella he pretendido contar una historia que refleje lo que ocurre en las actividades que se organizan a través del programa *"juventud en acción"*, bien sean intercambios, cursos o seminarios. No afirmo que siempre sea así pero normalmente suele ocurrir alguna de las circunstancias que aquí se reflejan.

Mi vocación de escritor viene desde hace tiempo, en obras de carácter divulgativo principalmente. Escribir este género me ha hecho tener que volver a aprender a sumergirme en una nueva actividad que hasta hoy era desconocida para mí. Había leído novelas pero nunca pensé que yo escribiría una.

Hay muchos tipos de novelas, ya no digamos de historias, cada uno podría escribir la suya propia. La que viene a continuación, es una de esas que dejan huella y que no pasan desapercibidas ante nadie.

Un viaje al Norte es mucho más que un trayecto, es una puesta en escena de lo que nos encontramos todos los días desde que abrimos los ojos. Situaciones que se deterioran en pareja con el paso del tiempo y que implican una mala gestión por ambas partes. Crisis de identidad que se originan en algún momento de nuestra vida. Relaciones interpersonales poco agradables, bien sea por incompatibilidades de personalidad o por falta de química.

Por otro lado, el sentido del humor es una pieza clave en los cimientos que sustentan nuestra felicidad. Queda reflejado en multitud de situaciones cotidianas con las que nos encontramos y a las que hacemos frente a diario. También, la interculturalidad existente en nuestro entorno es tan global que llega a veces a enfrentar a unos contra otros de una forma irracional.

Otro tema importante en las inquietudes del ser humano, es el disfrute por la aventura; somos viajeros y sociales por naturaleza. Nos gusta conocer a otros, perdernos en rincones, participar y mezclarnos en las tradiciones y culturas de los demás. No es una forma de agradar, sino de aprendizaje y supervivencia. Son reminiscencias que llevamos adscritas a nuestros genes.

Y como necesitamos de otros para mantener ese equilibrio psíquico que nos haga mantener una estabilidad emocional, recurrimos a las emociones siempre que podemos para manifestar de forma verbal o no verbal todos nuestros sentimientos. El amor es algo importante en nuestras vidas y hay tantas formas de amar como formas de vivir y sentir. Por esto, no puede faltar nunca en ninguna de nuestras formas de relacionarnos.

La novela está pensada y escrita para hacer ver y recordar a todos los jóvenes y adultos que vivieron, viven y vivirán algún viaje, sea al lugar que sea y al punto cardinal que escojan, que la aventura, las relaciones sociales y el amor, principalmente, siempre estarán presentes. ¿Pero sabremos reconocer estas sensaciones y sentimientos?, ¿Seremos capaces de aprovechar las oportunidades que nos brinda el destino?

1. Cuando todo te abruma.

"Todo esto está en el sentido de nuestra existencia" -se repetía una y otra vez como terapia para superar lo que siempre fue y nunca llegó-

Hacía más de dos horas que Juan, recostado sobre una cama de sábanas blancas de hospital, relataba su odisea de hacía años a una joven alta y muy bien parecida que se encontraba sentada junto a él en aquella habitación. Una habitación de paredes azules y luces de color pastel. Ella, en silencio, con una lágrima deslizándose sobre su mejilla, sonreía mientras sus ojos no perdían de vista la cara de aquel anciano que yacía, boca arriba, en aquel lecho.

"Nadie dijo que la vida fuera fácil, nadie lo dijo, y menos aún cuando la analizamos minuciosamente y con capacidad de juicio para discernir y valorar las cosas. Pero esto es lo que hay y es lo que comenzamos a aprender desde muy temprano, que de este –tren- sólo hay dos maneras, principalmente de apearse: una que es muriéndote de forma natural y otra suicidándote. De momento no tengo intención de ninguna de las dos" -se repetía Juan observando a través del cristal de su coche el oscuro velo que la noche cernía sobre la ciudad, mientras la luz de los faros de su coche se abrían paso en su regreso a casa- la pregunta a estas reflexiones era el miedo a vivir que todos tenemos. Un miedo que se infunde desde pequeños y que nos perturba de mayores. Cada día, la vida regala un mundo lleno de color, una nueva oportunidad para trasformar ese desasosiego en victoria. Pero hay escenarios con tarimas elevadas desde las que imponen ese recelo que turba a las mentes para ser engañadas a diario. La esencia que llevamos guardada en nuestro interior, la llama viva que nos mantiene en la realidad es la que hace mover las manecillas de nuestros relojes internos. Vivir la vida como una oportunidad única que se nos presenta minuto a minuto y que desgraciadamente, no sabemos aprovechar como deberíamos.

Al llegar a su domicilio, aparcó su vehículo delante de la cochera comunitaria y con un mando a distancia procedió a la apertura de la puerta. Luego, lo introdujo en el estacionamiento correspondiente y apagó sus luces. Se quedó dentro a oscuras suspirando profundamente con aire de melancolía y ansiedad. Al rato se bajó para dirigirse a las escaleras que daban acceso a la segunda planta donde vivía. Seleccionó de su llavero la llave de la puerta de su casa y entró a ver a su hija pequeña, Cassandra, solía encontrarse en el salón viendo algún dvd de dibujos animados. Si no era así, ya que llegaba muy tarde, accedía al dormitorio e intentaba hablar un ratito con ella, a no ser que se hubiera dormido ya.

Esa noche, al entrar a su casa, preguntó a su mujer:

-- "Hola, ¿y la niña?" mientras dejaba sus pertenencias en una repisa que había en el salón-

-- "¡Durmiendo! ¿Dónde va a estar?"-replicó su esposa sin mirarle tan siquiera a los ojos y sin apartar su mirada del fregadero, donde se encontraba limpiando los platos, después de haber cenado junto a la pequeña-

-- "¿Vas a cenar?" -volvió a decirle su mujer levantando la cabeza y girándola de modo que podía escuchar a su marido-

-- "Sí, Pero no te preocupes, que ya me preparo yo algo" — murmuró resignado y cansado, mientras miraba a su hija desde la puerta del dormitorio-

-- "¡Algo!, ¡No sé qué es algo!" -responde de nuevo ella con desaire-

-- ¡Vale! tengamos la fiesta en paz. —Le dijo él desde el fondo del pasillo, a sabiendas que le dejaría algo cocinado-

Dirigiéndose hacia el cuarto de baño retrocedió y volvió a pasar por el dormitorio para recoger su pijama y sus zapatillas, ya de paso acarició la frente de su pequeña y besó en la mejilla mientras que con un tono suave y melodioso le repetía: "¡Te quiero!" Seguidamente, se despojó de su ropa que dejó dentro del bidé, colocó el pijama sobre un banquillo, las zapatillas en el suelo, abrió el grifo de la bañera, que tenía regulada la temperatura del agua y se duchó. Tomó la toalla del colgador de cerámica que había en la pared y se secó.

Ya en pijama, se paró unos segundos delante del espejo y se miró fijamente mientras apoyaba sus manos en el lavabo y suspiraba con nostalgia, manteniendo su mente en blanco, observando su rostro y el pasar de los años por los valles que conformaban las arrugas de su cara mientras se repetía: "-tanta discusión para luego terminar preparándome la cena. ¡Estoy harto! ¡Muy harto!"

Recogió la ropa sucia y la llevó al lavadero que se encontraba en la cocina. Al pasar de nuevo por delante del cuarto, observó a su mujer acostada y la cuna de la niña junto a ella. Cenó, recogió la mesa y dejó los platos apilados sobre la encimera. Ya no se planteaba, ni tan siquiera, dejarlos lavados. Los reproches de su mujer llegaban a tal extremo que hiciera lo que hiciera, todo estaba mal. Si los lavaba, mal, porque no lo hacía bien. Si no lo hacía, mal, porque no ayudaba en casa.

Después se sentó un rato en el sofá y recorrió con el mando todas las cadenas de televisión intentando encontrar alguna que le pudiera distraer o informar sobre algo interesante, pero a esas horas era ya casi imposible. Mantuvo un rato la atención en las noticias que daban en un canal. La información era referente a un nuevo caso de maltrato machista. Esto le llevó a considerar los motivos o pensamientos que conducían a un individuo a actuar así, de esa manera. Es una falta de aprendizaje emocional y, sobre todo, social el que nos hace falta, una educación de inteligencia social desde pequeños. —Balbuceó, como reflexión de lo que él entendía una carencia que tenían los individuos para afrontar y resolver situaciones de conflictos en las parejas.

La neblina espesa de la angustia se apoderó de su luz áurea. Ese manto lastrado de reproches y de insultos, que emergían del profundo interior de su mujer, no iba a ser motivo de cambio para dejarse impregnar por actos tan viles como el que acaba de ver y escuchar por televisión. Era más una falta de lógica o solución innovadora de los conflictos entre los seres humanos y, sobre todo, entre las parejas. Lo que haría que se frenase esta escalada de asesinatos que se repetía casi todos los días. Sería una buena estrategia -pensó internamente- Todo lo que el ser humano no quiere o no anhela, termina eliminándolo. Más tarde, apagó la televisión y se dirigió hacia el dormitorio. Se sentó en la cama, cogió el despertador, lo activó a las siete de la mañana y se acostó. Las penas, las amarguras y los recuerdos suelen aparecer en sueños para hacernos deambular por calles y esquinas para cantar esas historias que nos embriagan y que nos desangran por dentro. Sentimientos desgarrados de guitarra maltratada en el silencio de una noche que dejaba sonar su eco, por las callejuelas de sus recuerdos.

Largo y estéril era el camino que había en el desierto de ambos. La relación no tenía reciprocidad, era una fuente seca frente al que tiene sed. La situación era extrema. No existía retroalimentación o *feedback* mutuo. Todo se limitaba a mantener una actitud de mínima convivencia por el bien de la pequeña. Aguantaban, pues tenían ante ellos un gran reto: Hacer de Cassandra una gran mujer.

Era dura la situación para ambos, y él sabía que los dos tenían culpa de lo que estaba pasando, no se trataba de echarle toda la responsabilidad a un miembro de la unidad familiar pero asumía con resignación esa pérdida de amor hacia su compañera.

Pasaba por unos momentos muy complicados ya que no podía compartir sus penas y/o alegrías al regreso de su trabajo. Además, se encontraba una situación de crisis interna, de falta de motivación, de esperanza. Había cumplido hacía poco los treinta y nueve y se planteaba si no se le había adelantado lo que algunos comentan que ocurre llegados los cuarenta. Y es que la mediana edad se vive a veces como un puro trauma, aunque para otros supone una ocasión única de reinventarse, de resurgir de entre sus propias cenizas como el ave Fénix. La constatación de que los hombres, llegados a esta edad o etapa, ya han alcanzado sus principales metas y las relaciones de pareja se han convertido en algo monótono, no pasaba desapercibido para Juan. Sabía que la mayoría de relaciones matrimoniales zozobran por motivos como este.

Miles de preguntas bullían en su cabeza, pero había una que no lo dejaba descansar internamente:

-- "¿Para qué y porqué estamos aquí?" sabiendo que la vida no era más que una constante situación de crisis, de confrontación con todo lo que nos rodea, incluso con nosotros mismos. Somos máquinas y estamos programados. Pero, como él bien sabía, esa programación genética era lo que nos hacía ser únicos.

Algo inquietante para Juan era la respuesta al encuentro con la felicidad y a la que tanto tiempo dedicaba en buscar, sin saber realmente que venía dada por el grado de control que hiciera sobre su propia vida. Realmente, el ser más infeliz de los mortales sería aquel que no pudiera controlar su propio destino -para Juan, esto, estaba a punto de sucederle- Desde el principio, todo su problema lo vivió como un pequeño bache que sortear pero que al final se convirtió en un socavón imposible de esquivar transformado en un gran inconveniente que le apenaba del que quería salir y seguir creciendo como persona. Le inquietaba el no tener respuesta a la siguiente cuestión:

-- "¿Qué es lo que nos espera?" mientras su mirada se perdía en el limbo-

La verdad es que sabemos tan poco de tantas cosas que la gran mayoría de las preguntas son incontestables. Pero lo que sí le quedaba claro era una respuesta que se convertía en duda al mismo tiempo. ¿Había vida antes de la muerte? podría ser un interrogante para seguir filosofando durante toda la noche. Ante situaciones de desesperanza, algunos recurren a los amigos, pero Juan sabía que amigos verdaderos había muy pocos y con los que tenía debía de tener mucho cuidado a la hora de contarles algo. Ya dice la frase popular: "tu amigo tiene un amigo y el amigo de tu amigo tiene otro amigo". Por consiguiente, ser discreto era lo mejor a la hora de contar algo. El falso amigo es como la sombra que nos sigue mientras dura el sol. Hay que estar alerta siempre –pensó-

Su vida había transcurrido dentro de una normalidad aparente, o como se solía repetir, "como la de cualquier persona de su edad". La llegada de la adolescencia le supuso una crisis de identidad que lo sumergió en una gran depresión de la que salió fortalecido. Este suceso supuso un antes y un después en su vida, la transformación fue como la de la crisálida salida del claustro de seda que la envolvía como gusano, una nueva perspectiva del mundo y de las gentes, con un nuevo envoltorio, coraza o disfraz. Aún así, muy endeble, expuesta a volverse a romper en cualquier momento dada la fragilidad de dicha madurez.

Él siempre había percibido, desde pequeño, que era alguien especial, alguien distinto a los demás, alguien peculiar y que llegaría a algo importante en esta vida. Su intuición le hablaba desde su propio interior y sufría mucho con las injusticias y contra todo aquello que consideraba fuera de lugar, la sensibilidad era la piel que lo cubría de pies a cabeza. Con el tiempo, aprendió a recubrirla con otro tipo de abalorios que disimularan ese atributo natural con el que había nacido y que tanto le hacía sufrir. Conocía y entendía que la percepción de las cosas no podía ser nunca concebida como una mera repetición del mundo exterior, ni como si fotografiásemos el mundo valiéndonos de nuestros órganos sensoriales y receptivos. Sabía que las personas están tan acostumbradas a que las cosas les parezcan tal y como las ven, que ni tan siquiera se paran a pensar que pudieran ser de otro modo distinto. Por esto, su percepción era todo aquel acto físico que le hacía percibir actitudes sensoriales. Pensaba que el mismo proceso de la apreciación se diferenciaba mucho de lo que era la sensación. De este modo de ver a la gente actuar es por la que optaba por enmascararse en una realidad ficticia para él pero real para los demás. Éste no era su mundo -entendía- no era capaz de saber solucionar sus propios problemas, temores y miedos.

La constitución de Juan era la de una persona atlética, bien parecida. De pelo castaño tirando a color ceniza, por las canas, ojos grandes, entre azules y verdes, y un bigote que le daba un toque característico e interesante. La soledad fue una compañera de viaje en su caminar desde siempre, pero fue una amiga buscada, no forzada. Solía pasar muchos ratos observando a la gente, los paisajes y el devenir de una sociedad del siglo XX individualista y llena de falsedades. Una sociedad que no estaba hecha para él. Le molestaba y le sacaba de quicio la falta de respuesta, el silencio de las personas, que aún siendo ilustradas no respondían ni actuaban ante las situaciones indignas que se originaban en la calle, en el trabajo, entre los amigos, etc. Terminó su periplo universitario como Psicólogo, Licenciatura que concluyó y que compaginó con su trabajo en instituciones estatales, dando asesoramiento sobre orientación laboral.

Pasados los años, consiguió una plaza en el centro de información juvenil del ayuntamiento de Córdoba, donde tuvo que comenzar desde cero. Promovió nuevos contenidos, creó redes de información, apoyo, cursos y un largo etcétera. de actividades que dieron color a un pobre recinto de juventud que comenzaba a darse a conocer en la capital y que estaba siendo demandado desde hacía muchos años por estos colectivos.

La observación era una habilidad que tenía muy desarrollada desde joven. Suponía un método por excelencia en su trabajo para la recogida de información como un proceso de diagnóstico de la situación. Era algo parecido a lo que aprendió en la carrera de psicología, le servía como instrumento para llevar a cabo un análisis de la realidad y de la problemática existente. Aprendió pronto que observar no era lo mismo que contemplar, y que observar, a secas, no significaba lo mismo que observar de manera científica. Para que esto último se produjera, había que tener en cuenta que esta observación valiera a un objetivo de diagnóstico, que fuera planificado de manera sistemática, que pudiera ser controlado y relacionado con el resto de lo observado. Y por último, que permitiera ser comprobada, validada de una forma fiable para poder establecer unas conclusiones que pudieran servir de evaluación y presentación de sus informes de cara a la inclusión de contenidos que demandaban los jóvenes.

Todas las mañanas llegaba a su oficina y se reunía con su jefe más inmediato para tratar los posibles asuntos del día. Otras veces se dirigía directamente a su lugar de trabajo y comenzaba a recibir a jóvenes o a preparar actividades, contestar mensajes, etc. Compartía despacho con otros funcionarios del departamento de juventud.

En los descansos aprovechaba para hablar, fumarse un cigarro, tomarse un café, dejar pasar el tiempo y templar el cansancio y el estrés de la jornada laboral. La timidez y, al mismo tiempo, su sensibilidad interior se enmascaraban con una gran extroversión hacia los que consideraba sus conocidos más allegados pero en el fondo eran solo apariencias. Dentro de este grupo, había alguien con el que solía conversar más de sus asuntos privados. Este compañero se llamaba Antonio. Sus características físicas eran las de una persona de cuarenta y cinco años de edad, pelo negro y canoso, de complejidad obesa y que se encargaba del departamento de formación y empleo. Para Juan, resultaba fácil sonsacarlo y dar pie a poder contarle sus problemas de forma sutil.

Son las siete de la mañana, suena el despertador y automáticamente Juan alarga su brazo y desactiva el mecanismo del reloj que tanto estruendo realiza. Se sienta sobre la cama y termina de despertarse estirando los brazos hacia el techo. Se dirige al cuarto de baño, sin haber dejado de mirar antes a su pequeña que duerme plácidamente en el interior de su cuna-cama. Se mira en el espejo para contemplar con una prolongada mirada el interior de sus ojos. Vuelve a la habitación para vestirse y antes de salir vuelve a mirar a Cassandra. No desayuna nada, coge su automóvil y se dirige sin dilación hacia su trabajo, donde el resto de compañeros esperan un nuevo día de rutinas y de actividades.

Llevaba más de dos años abrumado por los problemas familiares con su pareja y por los continuos sermones que ésta le solía dar por casi todo, estaban limando su paciencia y su salud. No entendía este proceder de su compañera. Hoy, al leer la prensa encontró un artículo en el que se hablaba de que la llegada, a la pareja, del primer hijo siempre obligaba a los matrimonios a reformular su relación. Además, se daba un aumento de las rupturas entre padres jóvenes cuando el primer hijo solía tener entre uno y tres años. El escrito continuaba diciendo que aunque la tensión es muy fuerte, en esos momentos, la vulnerabilidad de ambos cónyuges hace que la ruptura se retrase al ver que su hijo es muy pequeño. Incluso, hay hombres que se sienten instrumentalizados como sementales por sus propias parejas convertidos en algo alejados del núcleo interno familiar. Por el contrario, hay mujeres decepcionadas que descubren tarde que encontrar una buena pareja de ocio no significa encontrar un buen padre. Todo esto le hacía pensar y repasar su diario de vida para intentar encontrar el punto aproximado donde comenzó a fracturarse la relación con su pareja.

Al rato se encuentra con su compañero Antonio y entablan una conversación de pasillo.

-- "Antonio ¡buenos días!" —Le dice Juan, dándole una palmada en la espalda-

--"¡Hola Juan, buen día!" -responde Antonio, de muy buen humor-

-- "¿Te apetece un café?" –Pregunta Juan echándose las manos al bolsillo para sacar unas monedas-

-- "¡Bien cargado Juan, bien cargado!" -contesta Antonio-

Esa mañana, Juan necesitaba hablar, descargar toda la amargura que llevaba dentro ¿y qué mejor manera que sonsacar a Antonio, para tener la excusa perfecta para hacerlo? –se dijo-. Mientras Antonio recibía de manos de Juan el café bien cargado que le había pedido, lo indagó de manera discreta para dar pie a poder contar su problema.

-- ¡Bueno Antonio! ¿Cómo va lo tuyo con tu mujer?

-- ¡Bien, no va mal! –Contesta mientras toma un sorbo de café-

-- ¿Eso qué quiere decir? ¿Has resuelto tus problemas con ella? -insistió-

-- La verdad sea dicha, sí. He resuelto aquel problemilla que tenía con Sonia, ya sabes, aquel que te confesé hace unas semanas.

Con sutileza para ahondar un poco más en el tema Juan se colgó la máscara de no saber nada sobre el tema y dijo:

-- "No sé de qué problemilla me estás hablando".

--"¡Sí hombre! No te acuerdas que te comenté que había tenido una pequeña discusión…" -en este momento lo interrumpe Juan un tanto enojado-

-- "¿Pequeña? "

-- "¡Si bueno, gran discusión, lo admito!" -responde Antonio, algo confundido por la reacción de su amigo-

-- "¡De acuerdo! Se admite la rectificación" –contesta Juan- "por favor Antonio, continúa".

-- "¡Eso…! que había tenido una serie de problemas con mi mujer, que si Antonio "pacá", que si Antonio "pallá". ¡Harto estaba!, harto de tantos reproches y de tantas bajezas que uno tenía que tragar y aguantar. Si no fuera por los niños me parece a mí que ya habría resuelto esto hace tiempo. Pero hablamos y parece que la situación, ahora, es menos estresante" -comenta mientras se toma el café-

-- "¡Es verdad Antonio! la convivencia con las mujeres es difícil. Yo mismo sin ir más lejos…"

En ese mismo instante suena el teléfono de Antonio, y Juan se queda a medio camino de poder contar su historia y sus problemas al único compañero al que sabe sacar la conversación sin que parezca que tiene necesidad de ello.

-- "Perdona Juan pero es importante" -dice separándose un poco hacia el fondo del pasillo-

-- "No te preocupes en otro momento…" –responde-

En ese instante Juan se queda solo, sin saber qué hacer y con un café en la mano. Se lo termina de beber y arroja el vaso a la papelera, introduce las manos en los bolsillos y comienza a caminar mirando hacia delante mientras va suspirando. Mira su reloj que lleva ajustado a su muñeca izquierda y comprueba que ya son las ocho de la mañana, por lo que se dispone junto a sus compañeros a entrar a la oficina.

-- "Me voy dentro a trabajar" -le indica Juan a Antonio, que desde el fondo del pasillo le responde con la mano haciendo ademán de que ya va él en unos momentos-

Más tarde, ambos, se vuelven a encontrar por los pasillos, a media mañana. En un nuevo intento de Juan por sonsacar a su amigo y poder consolarse sutilmente le pregunta:

-- "Parece que era importante la llamada de esta mañana" ¿No? -dice, sin mucho interés-

-- "¡Bueno, para mi sí! era mi mujer".

-- "¿Y qué, todo bien?"

-- "¡No, no está bien!"

-- "Y ahora ¿qué es lo que ocurre?"

-- "Nada, que cuando uno cree que todo vuelve a la normalidad se tuerce. Me llama para decirme que esto no puede seguir así, que tengo que dedicarle más tiempo. ¡Esto se va a la mierda, Juan!" -apesadumbrado y casi resignado se pasa las manos por la cabeza suspirando como pidiendo ayuda-

-- "¡Venga compañero! puedes y tienes que arreglarlo". – Le dice, dándole una palmadita en la espalda-

En este momento Juan no se pudo contener para poder contar su situación y estar en igualdad de condiciones. Así no daba a entender que tenía necesidad de hablar con alguien lo que estaba sufriendo.

-- "No te desesperes, mi situación es igual o peor que la tuya" –interrumpe Antonio-

-- "Pero, mi situación tiene un trasfondo de infidelidad, o sea, ¿Cómo te lo explicaría yo? Tuve una aventura con otra. Mi mujer sospechaba algo, pero no sabía el qué, desde entonces, todo ha ido cuesta abajo y sin frenos. Y ahora que parecía que todo estaba arreglado, viene y me agobia no dejándome espacio vital. ¡Me abruma!"

-- "Pues… qué quieres que te diga, que tienes mucha suerte de haber tenido esa aventura y seguir con tu mujer. Aunque cabría preguntarse si tú la sigues queriendo".

-- "¿A quién?" – le responde de inmediato- "¿a mi mujer? o ¿a la chica?"

-- "¡A tu mujer Antonio, a tu mujer!"

-- "¡Claro que la quiero! De hecho, nos vamos a ir el próximo fin de semana, en plan enamorados, a un hotel de lujo que se encuentra perdido por la sierra de Granada".

-- "¿Y a la chica? ¿La sigues amando?"

-- "La quiero y nos seguimos viendo de vez en cuando" - contesta con toda la naturalidad del mundo-

-- "¿Te he dicho alguna vez que eres un caradura?

-- "¡Querido Juan! Tendrías que buscarte alguna aventurilla".

-- "¡Pero qué aventura! ¿Qué estas diciendo? ya a mis años no tengo nada que hacer. Aunque mi relación con mi mujer no funcione desde hace años, me veo fuera de esas escenas de adolescentes" –dice sin darse cuenta de que le ha contado su problema de forma natural sin ambages-

-- "¡Bueno, eso es lo que dices tú! A lo mejor es que no sabes buscar" -Le insinúa, de forma perversa-

-- "¡Pues puede que sea eso Antonio! ¡Puede que sea eso!" —Contesta intentando salir del envite malhumorado y señalándole con el dedo-

Se produce un silencio sepulcral entre ambos que termina con una pregunta muy comprometida para Juan:

-- "Perdona mi pregunta pero creo que me la debes contestar: ¿sigues enamorado de tu mujer? —Mientras tanto se toma un sorbo de café y se queda exhorto mirando dentro del vaso-

Juan que no esperaba esa pregunta, cambia la cara… en ese mismo instante y con un tono agresivo fuera de lo normal le responde con evasivas no muy sutiles:

-- "Y a ti ¿qué cojones te importa?" —Le recrimina furioso-

Después de un breve e incómodo silencio. Se produce una mirada asesina por parte de ambos. Es entonces, cuando Antonio le manda callar y reprochar:

-- "Tú te crees que los demás somos tontos y que no nos damos cuenta de nada. Te pasas los días enteros sonsacándome mis problemas más íntimos. Me preguntas por esto y por aquello que te interesa para poder contarme tus problemas y el colmo de los colmos es que tú me puedas preguntar si quiero o no quiero a mi mujer. Por tanto, tengo el mismo derecho a preguntártelo yo a ti también ¿no crees?" —Indignado, tira con gran furia el vaso del café a la papelera-

Pasados unos segundos y dándose cuenta de que su amigo estaba en lo cierto, le responde:

-- "Tienes razón al recriminarme. Soy un imbécil que no me doy cuenta de las cosas y pienso que soy el único que tiene problemas. ¡Perdona! no debí responderte así".

Antonio asistía expectante ante lo que su compañero le decía y aún más cuando le respondió a su pregunta:

-- "Creo que tienes derecho a saber si sigo o no, enamorado de mi mujer. Hace un tiempo, yo diría años, que esa pasión y esa seducción desaparecieron".

-- "Entonces ¿Por qué sigues con ella?" —le replica de manera sosegada-

-- "Por estar cerca de mi hija y verla crecer, por que no pierda como referencia la figura paterna en su desarrollo".

-- "Te compadezco, tu sufrimiento es grande e intenso. Espero que encuentres el camino hacia tu felicidad" -en este momento, ambos se abrazaron-

Pasados unos instantes, Antonio se separa de su amigo e intenta distender un poco el ambiente. Le pregunta por la agresividad humana. ¿Por qué somos tan agresivos los humanos? Inmediatamente y después de una mirada introspectiva de Juan, le responde:

-- Realmente no sabría decirte. Recuerdo que la parte más antigua del cerebro humano es la formada por el llamado cordón espinal que junto a la médula, el tallo cerebral y el cerebro medio conforman esta gran central de información y decisión que tenemos. Además existe un complejo R que compartimos con los reptiles y otros mamíferos.

-- Bueno, y ¿eso que tiene que ver con lo que te he preguntado? —Le reprocha poniendo cara de circunstancias-

-- Pues muy fácil mi querido amigo. El complejo R juega un papel importante en el comportamiento agresivo de territorialidad, de rituales de comportamiento y en el del establecimiento de las jerarquías sociales, de respuesta ante preguntas incómodas. ¿Lo entiendes ahora?

-- Ahora sí es entendible. O sea, que lo que quieres decir es que tú me contestas de mala manera porque tienes mal tu complejo R. ¿No?, y digo yo ¿qué significa R?

-- "Déjalo, no es el momento de descifrar ni de tener mal el complejo R ¿Vale?" — Volvió a responder Juan con desgana- "Además, recuerda que todos somos agresivos por naturaleza, pero violentos lo son unos pocos nada más".

-- *"Lupus est homo homini, non homo, quom qualis sit non novit".* Le respondió Antonio.

-- "Lobo es el hombre para el hombre, y no hombre, cuando desconoce quién es el otro" -Tradujo Juan- "Fue Thomas Hobbes, siguió relatando, un filósofo inglés del siglo XVII quien lo propagó en su obra *Leviatán.* Creo que decía algo así como que el egoísmo es algo inherente en la forma de ser de los seres humanos, aunque la sociedad hace lo posible para enmendar dicho comportamiento mediante las relaciones sociales de convivencia".

-- "Puede que haya mucho de cierto en ello, estimado compañero. A mi poco entender, somos lobos que actuamos dependiendo de las circunstancias del momento. Hay veces que creemos ser dioses, ostentando un gran poder de decisión sobre lo que nos rodea, pero realmente terminamos siendo gusanos arrastrados por la vida. Alguien dijo que no somos realmente libres, sino que nos limitamos a ser empujados por la vida. Y tal vez tenga razón". Terminó replicándole.

Después de un día tan ajetreado y de tanta confesión sincera, terminaba una jornada laboral como otra cualquiera. Al regresar hacia su casa Juan comienza a sentirse mal; nota que todo se le viene encima, que todo le abruma, sobre todo sus problemas familiares. Desde su interior algo le dice que tiene que cambiar, que debe dar un giro a su vida, aunque sea momentáneo. Las alarmas se encienden en su interior; no puede más, sólo el saber que regresa a casa para encontrar a su pequeña, que lo estaría esperando en el salón para contarle numerosas batallas, jugar con ella a mil juegos distintos era lo único que lo calmaba en ese momento.

Esa noche compartió con su hija un rato muy agradable de sosiego y charla animada. La pequeña le contaba lo que había realizado en el colegio, las aventuras con sus compañeros de clase y cómo Cristina le había echado arena en la cabeza, ella se lo había dicho a su maestra para que la castigase.

-- "¡Es muy mala, papá!" -decía con un habla totalmente comprensible y con grandes dotes de puesta en escena-

-- "¿Y eso por qué?"

-- "¡Por que sí!"

En ese momento la madre la llama insistentemente para bañarse, pronto sería la hora de dormir y al día siguiente se tenía que levantar temprano para asistir de nuevo a clase.

-- "¡Casandra! ¡Casandra!" -repetía la madre desde el fondo del cuarto-

-- "¡Ya va!" —respondía él-

-- "¡Venga Casandra! corre a bañarte que te estoy esperando".

-- "¡No quiero!" —Contesta la niña, agarrándose a su padre-

-- "¡Vamos! dame un besote y hazle caso a tu madre" —le ordenó a su hija-

La niña salió corriendo hacia el cuarto de aseo donde la madre se encontraba esperándola para su baño diario. Mientras tanto, Juan buscaba con el mando de la televisión un canal de noticias para estar informado de la actualidad. Hablaban de los problemas de violencia de género que venían sucediéndose a lo largo de estas últimas semanas, así como de la nueva Ley integral de violencia de género que se iba a poner en marcha en breve. Al rato, salió la niña bañada y le dio un beso de buenas noches. Pasados unos minutos, él hizo lo mismo que había realizado su hija y momentos antes su mujer, ducharse. Se colocó el pijama y se volvió a acostar en el lado de su cama con un sentimiento de haber desperdiciado el día, de querer hacer algo más interesante, de vivir intensamente las horas, los minutos y los segundos.

Suena el despertador y Juan se levanta para mirarse delante del espejo y decirse que hoy comienza un nuevo día de aventuras y de soledades. Mientras suspira y se zambulle en una cortina de agua que le arrojan unas manos fuertes y muy bien cuidadas.

En el trabajo, pregunta a Antonio si ha visto en televisión lo del hombre que fue acusado por su ex – mujer de abusos a su hija pequeña y que pasados los años se demostró que todo eran infundios, calumnias y mentiras para perjudicarlo. Además, pasó dos años en la cárcel y la custodia de su hija le fue denegada.

-- "¡Qué barbaridad! ¿Verdad Antonio?"

-- "Pues la verdad es que no tuve tiempo para verlo. De una discusión pasaba a otra con mi mujer. Todo es discusión. Desde que entro por la puerta de la casa ya hay un motivo para que comiencen los reproches". – le responde un poco disgustado-

-- "Yo lo escuché por casualidad mientras cambiaba de canal".

-- "Y ¿qué es lo que le ha pasado a ese hombre?"

-- "Pues sencillamente lo que nos puede pasar a cualquiera de nosotros. Con la nueva Ley integral de violencia machista, cualquier mujer puede denunciarnos de maltrato, abusos a nuestros hijos y sin mediar palabra podemos ser arrestados y metidos en la cárcel hasta que todo se aclare. ¡Eso sí!, si se produce al revés no tiene tanto impacto, interés o cárcel como si lo hacemos nosotros, aunque no sea verdad" —responde apesadumbrado y dejando confundido a su amigo-

-- "¡No jodas tío! ¿Así está la cosa?"

-- "Somos una especie en extinción o en esclavitud. Hoy en día, conforme están las cosas, hay que saber muy bien elegir con quien vas a estar, con quién vas a convivir, en definitiva con quién vas a compartir tu vida pues te la pueden destrozar de un día a otro sin mediar más palabras que una denuncia falsa. Y otra cosa es que si hay hijos de por medio, lo normal, es que la guarda y custodia se la den a la mujer y te dejen en medio de la calle, sin piso y pasando una manutención. Además, como se te ocurra a ti dejarle de pagar vas directo al calabozo y además dejas de ver a tus hijos"

-- "Y a este hombre del que hablas ¿le ha pasado esto?"

-- "Ya te he comentado que es peor. Su mujer lo acusó de haber abusado de su hija de tres años de edad. Se encontraban en pleno papeleo de divorcio al cabo de dos años y después de haberse tirado un tiempo en prisión, se demuestra que no hubo tal abuso. Y ahora, digo yo, ¿quien restituye la dignidad y el prestigio de este padre? y sobre todo ¿quién le devuelve estos años perdidos con su hija?" —vociferando con mucha rabia lo interrumpe-

-- "¡Yo la mato! vamos, me hace eso a mí mi mujer y te juro que la mato".

-- "Te entiendo, eso es lo que muchos hacen. Pero esa no es la solución, son las leyes las que hay que cambiar y, sobre todo la educación, las relaciones interpersonales, la resolución de conflictos y ante todo que prevalezca el interés de los hijos sobre todas las cosas" —enojado le replica Antonio-

-- "¡Tienes razón! mi comentario ha estado fuera de lugar. Pero no hay derecho a que por la mera circunstancia de ser mujer salga beneficiada con todo y a nosotros que nos vayan dando"

-- "¡Que sí, que sí! pero la ley vigente es la que hay. Una gran mayoría de mujeres son tratadas como meros objetos. Te suena aquello de *-la maté por que era mía-* y en realidad nadie es propiedad de nadie. Cada uno tiene una vida que vivir y que compartir en muchos casos pero eso no da derecho a nadie a quitarle la vida a otro u a otra" —dijo esto con tanta firmeza que hizo el silencio entre los dos-

-- "Bueno Juan, te dejo que tengo muchas cosas que hacer hoy ya seguimos hablando luego". —Se despide con rapidez-

-- "¡Hasta luego Antonio!" -responde él, bajando su cabeza y yéndose hacia su oficina-

Esa tarde, a la salida del trabajo, Juan no tenía muchas ganas de volver a casa tan temprano. Bueno, si tenía ganas, pero de ver a su hija Casandra. Necesitaba reflexionar, estar solo. Llamó a casa y comentó a su esposa que se quedaba unas horas más en el trabajo resolviendo algo que había surgido a última hora. Más tarde salió con su coche y sin rumbo fijo se puso a conducir por los extrarradios de la ciudad, hasta que acabó saliendo de ella, como el que sale de algo que le oprime y le angustia. Su destino fue la carretera que lleva a Villarrubia, desviándose por la que conduce a las ruinas de Madinat al-zahra. Desde allí, se encaminó hacia la zona de la Arruzafa donde volvería a desviarse en una rotonda a la derecha para dirigirse a otra que llevaba a "Las Ermitas".

Llegó y aparcó su coche unos metros antes de la entrada. Bajó y anduvo hasta la explanada principal que da acceso a su interior pero en el trayecto se detuvo a observar la magnificencia de una sierra verde y frondosa. Las vistas eran maravillosas. Toda la capital quedaba a sus pies desde el punto tan elevado en el que se encontraba. Había acudido a este lugar para buscar un momento de retiro, de reflexión y de paz interior. Su recorrido se inició frente a una fachada blanca con tres arcos, en el que el central era más alto que los laterales y coronado por una pequeña campana en la parte superior. Entró y abonó el donativo a este eremitorio de antiguos ermitaños. Inició su recorrido por un largo y bello pasaje engalanado a ambos lados por multitud de cipreses. Al final de este camino, se encontró con una gran cruz en medio que bifurcaba el recorrido en dos direcciones: Uno a la derecha y otra a la izquierda. Se asemejaba al camino de nuestra vida pensó en ese momento en el que a veces tenemos que decidir que dirección tomar. En este caso, estaba claro. El de la derecha estaba vallado y prohibido, por lo que el de la izquierda era el que tenía que seguir. En la base de aquella cruz había una hornacina con una calavera y bajo ella, grabado en piedra unos versos que rezaban así:

"Como te ves, yo me ví.
Como me ves, te veras.
Todo para en esto aquí.
Piénsalo y no pecarás."

Sin lugar a dudas, hacía pensar en el destino que le esperaba al final de sus días. Era una invitación a disfrutar del tiempo que se le había dado en su vida para saborear cada segundo de los momentos que le quedaba por vivir pensó continuando el trayecto señalado. Tras pasar por un arco de vegetación, enfiló la recta final hacia la ermita. El suelo estaba adornado a modo de alfombra con un mosaico realizado con "chino" cordobés. Esta era y es, una técnica de albañilería que adorna muchas calles de la capital.

En su senda, se encontró a la izquierda con la ermita de la Magdalena. Al igual que las otras repartidas por la zona tenían tres compartimentos bastante reducidos para leer, orar y descansar. Complementaba este habitáculo un espacio de huerto o jardín para el trabajo manual. Al lado se encontraba un pequeño cementerio y en frente la iglesia que databa de 1732. Tras pasear un momento en su interior, volvió de regreso por el paseo de los cipreses. A la vuelta observó un cartel, que colocado en la base del tronco de un pino citaba a San Juan de la Cruz:

"Al atardecer de la vida
Te examinarán del amor."

"¿Era casualidad u obra del destino?" Pensó al leer esos versos mientras el silencio, la paz y el sosiego del atardecer invadía todo el horizonte ¿Estaba allí para ser examinado? ¿O para darse cuenta de lo efímera que es la vida? Curioso o no, daba qué pensar pero sus reflexiones y sorpresas no quedarían ahí. Nada más regresar hacia la entrada y antes de bajar al mirador se desvió a la derecha para visitar la ermita de Santiago el Menor. En ella, descubrió nuevamente, otros versos de un tal Plácido:

"¿Qué piensas o a qué aspiras,
Cuando tras gusto vas?
Pues del no te queda más
Que enemigos que conspiran,

Si es que adelante no miras.
Mira la vida pasada;
Lo más pasó de esta suerte.
Hasta llegar a la muerte
¿Qué te queda? ¡Poco o nada!"

Realmente, el atardecer de aquella tarde estaba siendo una prueba de evaluación personal para Juan ¿sabía a qué aspiraba? ¿Tenía claro su destino? Todo eran reflexiones sobre el trayecto de la vida, del acontecer diario y de la muerte como respuesta a esta farsa que era la existencia. Volvió su mirada a la izquierda y se topó con las últimas cavilaciones inscritas en la pared:

"Baja, si quieres subir
Pierde, si quieres ganar,
Sufre, si quieres vencer,
Muere, si quieres vivir."

Por un momento pensó que la visita parecía un encuentro con una vidente. Todo eran señales que de algún modo le daban ciertas pistas a su futuro y a la situación por la que estaba atravesando. ¿Dónde había que bajar para poder subir? ¿Qué tenía que perder, para poder ganar? ¿Cuánto sería el sufrimiento para vencer? Y ¿qué muerte era esa que te hacía vivir? Tantas preguntas en aquel momento eran difíciles de contestar.

Salió confundido de aquella ermita. Bajó hacia el mirador desde el que contempló a la Córdoba de las cuatro culturas (romana, musulmana, judía y cristiana) que se desplegaba a sus pies. Avanzaba la puesta del sol para ver llegar la noche. Sufría por su pena y se consolaba con la paz que sentía en aquel lugar. El atardecer aplacaba al sol, que herido moría para poder vivir al día siguiente. Todo se cumplía, los versos se hacían verdad, y ante tanta evidencia desplegó el torrente de las aguas saladas de sus lágrimas. Mientras tanto, inmóvil, su mirada se perdía en recuerdos de otros tiempos más alegres, más entusiastas y, sobre todo, de más libertad personal. Cerrando sus ojos, se visualizó alegre y feliz. Balbuceaba los versos de ibn Zaydum hacia la que fue la más bella ciudad musulmana como forma de entender lo que fue su vida pasada y lo que quedaba de ella.

"Desde Azahara con ansia te recuerdo.
Qué claro el horizonte.
Qué serena nos ofrece la tierra su semblante.
La brisa en el alba se desmaya;
Parece que se apiada de mis cuitas,
Y, llena de ternura, languidece.
Los arriates floridos nos sonríen con sus aguas de plata
Que parecen collares desprendidos de las gargantas.
Eran así nuestros días pasados, cuando,
Aprovechando el sueño del destino,
Fuimos ladrones de placeres."

Al día siguiente, a primera hora de la mañana su jefe lo llamó para que acudiera a su despacho de manera urgente. Para Juan, no era extraño tener que acudir a reunirse con el responsable de su área para atender temas que entrañasen una rápida intervención. Pero ese día intuía algo fuera de lo normal. Una sensación extraña que en el fondo le resultaba agradable, a la vez que intrigante.

Agarrando el picaporte de la puerta del despacho de su jefe, con su mano derecha, y tras golpear con los nudillos de la de su izquierda, asomó su cabeza al interior

-- "¡Con tu permiso Manolo!" –Dijo con tono personal-

-- "¡Adelante Juan, adelante!" -le anima a entrar moviendo la mano y sin dejar de ojear un montón de papeles que tiene delante de su mesa-

-- "Perdona que te moleste pero me han comunicado que te viera de manera urgente" -comenta mientras se acerca a su mesa-

-- "Sí, pero siéntate un momento por favor".

-- "Verás, el llamarte hoy urgentemente es por lo siguiente: hay un curso formativo para técnicos sobre proyectos europeos y creo que es muy interesante que alguno de nosotros acudamos a él".

El responsable de la oficina de relaciones internacionales, que así era como se llamaba el departamento que Juan gestionaba, era el encargado de todo lo concerniente a los programas juveniles que Europa ofertaba. Había desde intercambios juveniles, iniciativas de grupo y voluntariado europeo entre las demandas más solicitadas por particulares y por colectivos de la capital.

La oficina de relaciones internacionales llevaba pocos años funcionando pero en ese período había dado cobertura a muchos jóvenes que ávidos de aventuras, relaciones con otros iguales y ganas de lanzarse a la aventura. Habían desarrollado multitud de proyectos encaminados a conocer Europa. También habían facilitado la oportunidad a infinidad de chicos y chicas de construirse una nueva perspectiva europeísta, global y social. Para Juan, no era nada nuevo asistir a otro seminario o a un intercambio como responsable de grupo. Todo esto le llenaba, le entusiasmaba, le hacía crecer al mismo tiempo que rejuvenecer. Así que esta nueva propuesta de acceder a un curso de esta índole era otro nuevo reto más y una ilusionante aventura.

-- "Pues la verdad es que si tu intención es que acuda al seminario te lo agradecería mucho. Me encuentro en un momento bajo, malo, tanto a nivel personal, como familiar. No sé como explicártelo. Necesito un cambio de rutina, de actividad, estoy llegando a un extremo en estos días en que todo me incomoda".

-- "Entiendo" – asintió Manolo, como muestra de atención hacia lo que le está contando-

-- "Por mí, me iría hoy mismo aunque las fechas serán más tardías ¿no?"

-- "Pues no, amigo mío" este domingo tienes que partir. Recuerda que tú pagas los billetes de ida y vuelta. Cuando regreses los entregas y se te hará el abono correspondiente. La comida y la estancia, así como las actividades, corren a cargo de la entidad que lo organiza el trabajo que tienes y la responsabilidad que se te encomienda es motivo más que suficiente como para que haya situaciones difíciles como las que me estas comentando. Yo mismo, en mi primera etapa al frente de actividades juveniles estuve en esas o en peores condiciones que las que te encuentras. Aunque no hay que comparar nunca dos situaciones iguales o parecidas, ya que todas son distintas. Además yo pagué un alto precio con mi separación. Pero aquí andamos, todo aquello que no nos mata, nos hace más fuertes, recuérdalo siempre. Además, ¿para qué nos caemos?"

-- "¿Cómo dices?" —responde desconcertado y mirándole a los ojos-

-- "¡Sí, hombre! ¿Qué para que nos caemos?"

-- "Pues no sé qué contestarte, me dejas fuera de juego en este momento"

-- "¡Pues para levantarnos, Juan! nos caemos para levantarnos, una y mil veces ¡recuérdalo siempre!" —Dice con fuerza mientras lo mira a los ojos-

Todo aquello rompía los esquemas de Juan, no esperaba esa reacción de su jefe, e incluso no esperaba que le desvelara secretos de su vida privada que aunque todos lo sabían, era algo íntimo. Lo que si le hizo fue reflexionar a él por qué había obrado así Manolo ¿Tan mal lo veía que tenía que recurrir a estas estrategias de psicoterapia?

El responsable del área de Juventud era un hombre de unos cincuenta años, no muy alto, con bigote, no muy obeso y con una mirada que rompía. Venía de la antigua escuela en la que todo lo que había aprendido se lo había proporcionado la calle y la cantidad de errores cometidos, o sea, la experiencia. Después de ese momento de desconcierto sacó unos documentos de una carpeta que tenía metida en el primer cajón del lado derecho de su mesa y mirándolo le hizo entrega de todos los papeles que tenía que enviar aquel día. Igualmente incluía el cronograma de actividades a desarrollar en el curso de instructor de formadores. Tras unos segundos de viaje a ninguna parte y de caos ante la situación planteada por su jefe, volvió en sí y despertó. Lo miró, y le dio un sí rotundo a asistir a aquel evento.

Todo estaba preparado para que el domingo, día seis de septiembre, a las ocho y media de la mañana cogiera el autobús hasta Madrid. Una vez allí, tomaría otro hasta San Sebastián, de esta maravillosa ciudad del norte cogería el definitivo hasta Zarauts. Llegado a su destino se dirigiría al albergue Igerain, donde se debía encontrar con los miembros del área de Juventud del gobierno vasco y miembros de la asociación que apoyaban este evento.

Una vez terminó con su jefe, bajó las escaleras que desembocaban en un gran patio típico andaluz. Allí se encontró con su amigo Antonio, que disfrutaba del placer de fumar. Al verlo tan disperso y ensimismado en los papeles que llevaba entre sus manos, se le acercó para preguntarle. Algo recurrente para Antonio fue sacar lo relativo a la explicación del otro día sobre el complejo R. Este coloquio le había dejado huella es más, le comentó que lo había hablado incluso con su mujer y que ésta lo había tachado de "pirao", de alguien con muchos pizcos en la cabeza.

-- "¿Qué pasa Juan?"

-- "¡Pues nada! aquí voy con estos papeles que..." -y sin mediar más palabras comenzó con su charlatanería-

-- "Anoche le dije a mi mujer lo del complejo R y se echa a reír la buena mujer. Me dijo que lo que tenía era muchas tonterías en la cabeza. No se puede mantener una conversación seria con ella. Ahora bien, si ella dice que el complejo R es el regulador de la agresividad, hay que creérselo a pies juntillas, de lo contrario parece que le ofende" –comenta con mucha pasión-

-- "Eso querido Antonio va a ser del complejo R, con toda seguridad" —responde de forma irónica y distraída con la preparación de su viaje-

-- "¡Eso, tú con cachondeo!"

-- "Antonio, el complejo R que está rodeado por el sistema límbico y que se relaciona con las emociones como el miedo, el sentimentalismo, la ironía, etc., es el que me hace actuar así. ¿Lo entiendes? ¿Verdad?"

-- "¡Vete a la mierda!" -le contestó impotente ante la broma que le estaba realizando su compañero-

-- "¡Perdóname! pero vengo de una reunión con Manolo y estoy un poco desorientado".

-- "¡Cuenta, cuenta! no dejes ningún detalle. ¿Qué ha pasado?" —Pregunta con gran interés-

-- "Pues nada, que me voy de viaje".

-- "¿De viaje? ¿A dónde?"

-- "¡Al norte, Antonio, al norte!" —Dice en voz alta-

-- "Luego decís que no, pero que bien os lo montáis los de la oficina de relaciones internacionales. ¡Siempre viajando, siempre de fiesta! ¡Qué chollo!"

-- "¿Eso que es envidia, o el resultado de un excedente de tu complejo R?" -le vacila-

-- "Mira..., tengamos la fiesta en paz" —reacciona con cara de pocos amigos-

Para ambos era un poco embarazoso seguir esa conversación en el pasillo, donde cualquiera podía pasar y verlos conversar demasiado tiempo fuera de sus lugares de trabajo, así que Juan lo invitó a que entrara en su despacho, donde le iba a explicar con más detalles su partida.

-- "¿Y donde dices que te vas?"

-- "Al País Vasco, en concreto a Zarauts".

-- "¡Bueno! con los etarras. ¿Tú no sabes que últimamente se están produciendo multitud de movimientos de esta gente por esa zona? Además, esa población en concreto es un punto caliente de Abertzales radicales".

-- "¡No me jodas!" –contestó preocupado-

Y es que la imagen que se daba del País Vasco era la de que allí no había nada más que terroristas y bombas. Desgraciadamente ellos también tenían ese contagio colectivo. La situación era incómoda para Juan ya que pensó que se iba a encontrar con una batalla campal donde se dirigía, y más, cuando su amigo Antonio no paraba de echar leña al fuego. Ese día la llegada a su casa y el posterior comentario de su viaje a su mujer, fue muy frío y distante. No hubo muchos comentarios al respecto, ya que la relación se había deteriorando tanto en estos años que ya tan solo convivían por el bien de la pequeña.

-- "El domingo me marcho de viaje"

-- "¿Otro viaje de esos...?"

-- "¡Sí, otro viaje!" –replicó resignado y sin querer discutir-

La preparación de la maleta, durante la noche del sábado, estuvo expuesta a muchos cambios, ya que las previsiones del tiempo hacían presagiar que todo estaría a merced de la suerte, un tiempo algo revuelto y muy distinto a los 35 ó 40 grados que hacía en Córdoba aún por este tiempo. Mucho mirar Internet para luego repartir la maleta entre manga corta y manga larga. Todo sucedía tan rápido que Juan no percibió como su hija miraba distante y sin saber por qué su padre hacía la maleta, mientras se agarraba al bastidor de la puerta del cuarto, donde todas las noches sus cansancios se convertían en fuerzas y sus sueños en esperanzas. La noche antes de las despedidas, se duerme poco, y más cuando no sabes cuál será tu destino y tu historia en esta aventura. Suena el despertador y sin vacilar Juan se dispone a asearse y a vestirse, recoge la maleta y antes de desaparecer por el hueco de la puerta del dormitorio, donde dormía su mujer y su hija, se queda mirando fijamente a su pequeña y se acerca para acariciarla pasándole su mano derecha por la frente, intentando dejarle impregnado su recuerdo y llevándose algo de ella consigo.

Dejó atrás algo que le hacía experimentar un sentimiento nuevo que no sabía explicar. Algo muy hondo y profundo que le provocaba sufrimiento y nostalgia. Era una situación nueva para él. Se marchaba lejos y sentía que le faltaba algo dentro de su ser. Su hija quedaba en casa y su apego se acentuaba mucho más que nunca. No sabía responder a este interrogante que le planteaba el destino ¿qué sentimiento tan asfixiante provocaba dejar a lo que más querías atrás? Era un hombre curtido en cruzadas nada fáciles, pero ésta le superaba. Pero muchos envites le había dado la vida ya, incluso para recordar lo que le dijo su jefe.

-- "¡Sí, hombre! ¿Que para que nos caemos?"

-- "Pues no sé qué contestarte, me dejas fuera de juego en este momento".

-- "¡Pues para levantarnos, Juan! nos caemos para levantarnos, una y mil veces ¡recuérdalo siempre! "

2. Viaje al Norte.

Un sentimiento de nostalgia con adornos de melancolía recorría el interior de Juan en el momento de su partida. Ese susurro a su hija y ese contacto de su mano recorriendo su frente eran más que suficientes para experimentar una sensación de insatisfacción, de oquedad en su interior que iba más allá de su propia existencia. Pero, en realidad todas las circunstancias que nos rodean o que nos ocurren no importan, lo verdaderamente importante es la resiliencia o la capacidad para hacerles frente, superarlas y obtener un aprendizaje positivo de las mismas. Y Juan tenía mucha fortaleza con la que defenderse, más de la que él mismo conocía.

Al salir del bloque de pisos donde vivía se dirigió hacia una plaza próxima en la que había una parada de taxis. Se introdujo en uno de ellos y comunicó su destino:

-- "A la estación de autobuses, por favor"

-- "Muy bien, señor" --respondió el taxista-

Durante el trayecto observó lo desiertas que estaban las calles de Córdoba un domingo por la mañana. De pronto, comenzó a sonar una canción en la radio del coche:

> *"Las cosas con vos no*
> *marchaban del tobo bien*
> *no fue mi intención dejarte,*

no tuve otra opción. Sin embargo encontré otra solución: los pasajes sobre la mesa esperan, que mejor que... Un viaje al norte... Un viaje al norte..." —decía la canción-

-- "Perdone, ¿Podría subir un poco el volumen de la radio, por favor?"

-- "¡En seguida! ¿Le gusta a Vd., La Mocosa?"

-- "¿La quién?"

-- "El grupo de rock argentino que está cantando la canción"

-- "¡Sí, me gusta! pero no los conocía. ¿Cómo se llama la canción?"

-- "¡Un viaje al Norte!"

-- "¡Ah...! un viaje al norte. Qué casualidad"

-- "¿Y eso? si no es mucho preguntar..." —dijo el taxista mirándolo por el retrovisor-

-- "Por nada, por nada"

Con su intuición innata presagiaba que su viaje iba a ser distinto a todos los que había realizado hasta el momento. El sabía que las intuiciones, las corazonadas, los presentimientos, suponían una fuente de inteligencia en el ser humano tan válida como la propia razón o el conocimiento. Eran muchas las pistas que así se lo decían. La llegada a la estación fue rápida, sin atascos. Algunos viandantes que pasaban por allí para ir de regreso a sus casas después de toda una noche de excesos, rompían el silencio en el que se encontraba la sala de espera donde él se encontraba y hacían que la espera se hiciera menos estresante.

Desde el primer momento, un joven con coleta intentó entablar conversación y ser amable, pero Juan no se encontraba para charlar y menos de cosas banales y sin trascendencia alguna así que el canal de comunicación entre ambos estaba cerrado.

De fondo en la megafonía se escuchó una canción de Sinatra *"A mi manera"* algo que venía un poco a simbolizar la forma de ser de Juan. El chico delgado volvió a intentar abrir un cauce de conversación con el que romper ese silencio que en nuestra cultura tanto nos atemoriza y que no sabemos manejar, aprovechando el trasfondo musical.

-- "¡Parece que son los –Sixtel- los que suenan!" –dijo-

-- "¿Los quién?"

-- "¡Los -Sixtel-!" -volvió a repetir el joven, esta vez con menos convencimiento que la primera-

-- "¿Quienes son los –Sixtel-?" –Preguntó Juan-

-- "¡Si hombre, el grupo catalán de…!" -y antes de que pudiera terminar de contestar el joven Juan le interrumpió-

-- "¡Anda ya hombre! deja de decir tonterías ¿no ves que el que canta es Frank Sinatra?"

-- "¡Ah…! Bueno, pero parecían los -Sixtel-"–intentó justificarse-

En ese momento Juan recordó la conversación con su compañero Antonio hacía unos días acerca del complejo R que está rodeado por el sistema límbico y que se relaciona con las emociones como el miedo, el sentimentalismo, la ironía, etc., es el que nos hace actuar así, y entre murmullos se repetía:

-- "¡Uff...! el complejo R, el complejo R" -refiriéndose a la forma de actuar del joven-

-- "¿Decía?" -le replicó el joven-

-- "Nada hombre, nada hablaba solo" –le dijo-

Al poco de esto cuando ya había dejado de cantar Sinatra y había otro tipo de música esparciéndose por el lugar, llegó el segundo viajero. Se trataba de una mujer de unos cuarenta años, vestida de forma juvenil y un poco desenfadada, cara alargada y no muy alta, volvía a Asturias de donde era natural.

-- "¡Hola, buenos días!" -dijo la mujer, sin saber lo que le venía encima-

-- "¡Hola!" -respondió Juan-

-- "¡Hola, buenos días!" –le dijo efusivamente el joven ávido por mantener una conversación con la persona que fuera-

-- "Tú no eres de aquí ¿Verdad?"

-- "No, soy del norte"

-- "¿De qué parte del norte?" –siguió interrogándola, mientras se acercaba un poco más a ella-

-- "De Asturias, concretamente vuelvo después de pasar unos días en Córdoba en casa de unos amigos"

Y mientras los dos conversaban y no paraban de hablar dada la insistencia del joven en preguntar y preguntar, Juan sentía internamente que este viaje iba a ser algo especial e inolvidable; intuía que debía escribir todo lo que le estaba aconteciendo. El autobús llegó con puntualidad Inglesa apenas dieron las 8:30, paró en la dársena y bajó el conductor.

-- "Los pasajeros que se dirigen a Madrid son solo Vds., ¿no?" -preguntó el conductor, los tres asintieron-

El equipaje de Juan era una maleta mediana que iba cerrada y anclada con un pequeño candado, una mochila con documentación y un bloc de notas para escribir, un pequeño bolso bandolera donde llevaba todos sus documentos personales.

-- "¿Puedo llevar la mochila en el interior del bus?"

-- "Sin ningún tipo de problemas, caballero" —dijo amablemente-

Subieron los tres y cada uno de ellos se distanció de los otros. Juan se sentó junto a una ventana para disfrutar del paisaje. Los otros dos ocupantes, en asientos que daban al pasillo central. Echó a andar el autobús por unas calles de Córdoba completamente dormidas de gentes y de coches. El tiempo parecía haberse detenido esa era la sensación que Juan experimentaba en ese mismo instante. Al poco de avanzar, el joven se desprendió de la goma que sujetaba su pelo para colocarse con mucha elegancia su melena.

El autobús tenía prevista tres paradas a lo largo de todo su recorrido, una en El Carpio, otra en Andujar (Jaén) que sería la más larga y donde se incorporarían más viajeros, y la siguiente en una cadena de restaurantes, un poco antes de llegar a Despeñaperros. Desde el primer momento, Juan sacó su libreta y comenzó a escribir, a anotar y hacer un guión de los acontecimientos que le estaba deparando esta marcha hacia el norte. Las palabras le brotaban sin cesar y no dejaba de escribir.

A mitad de camino el chico de la melena cogió su bolso y abriendo la cremallera introdujo su mano derecha dentro y sacó un bocadillo. Separó el papel de aluminio que lo envolvía y comenzó a devorarlo con ansias cogiéndolo con ambas manos y mirando a un lejano horizonte que tenía delante de él, no parando hasta terminarlo. El bocadillo en cuestión era de jamón colocado en unos pedazos de pan regados con aceite de oliva. Una vez hubo terminado de engullirlo, volvió a buscar en su mochila y sacó un palillo de dientes con el que comenzó a hurgarse entre los dientes durante más de quince minutos. La situación era muy desagradable. Jugaba con el palillo a escondérselo dentro de la boca, se sacaba algún resto y lo saboreaba, y todo con una naturalidad espantosa, mientras los más cercanos a su asiento miraban con una cara de asco que contagiaba a los demás pasajeros.

En un momento del trayecto y antes de cruzar la muralla natural que separa Andalucía de Castilla la Mancha, se produjo la tercera parada de descanso obligatoria. Tuvo una duración de quince minutos. El lugar era un restaurante perteneciente a la cadena de establecimientos de la empresa ABADES. Todos los pasajeros y pasajeras descendieron del autocar y entraron dentro, aunque hacía un día espléndido. El sol ascendía hacia su trono en un gran cielo azul salpicado de algunas nubes blancas que lo hacían aun más bello. Unos cuantos viajeros fueron directos al aseo, otros optaron por desayunar y el resto se dedicaron a pasear.

Entre ellos, se hallaba Juan. Contemplaba un stand al fondo a la derecha, conforme se entraba de la cafetería. En él, se ofrecían folletos de información turística de Andalucía. Sobre una tarima que había a media altura colocó su brazo derecho, comenzó a ojear un folleto, sigilosamente y por detrás se aproximó el chico joven de la parada y mirando lo que estaba haciendo le preguntó:

-- "Qué, ¿Es gratis? ¿Se puede coger?"

-- "¿Cómo?" – Juan sorprendido, se colocó de momento erguido-

-- "¡Está muy bien esto! ¿No cree? tenemos una Andalucía maravillosa" -siguió relatándole-

-- "¡Si, muy bonita, maravillosa!" –Respondió, mirando hacia otro lado y saliendo del local, mientras se reponía del pequeño sobresalto-

No dejaba de pensar en el martirio en el que se había convertido esa persona para él, lo pilló desprevenido. Lo más gracioso del asunto es que se asustó.

Cada minuto que transcurría provocaba una evasión de relax que lo hacía ¿más vulnerable? Se encontró en una nube en la que el tiempo se había detenido. Esta situación era la que él había estado necesitando. Notó una agradable brisa que acarició su rostro. Un calor tibio que calentaba poco a poco el ambiente provocó que muchos pasajeros estuvieran disfrutando de aquel momento en el exterior. Todos comenzaron a subir al autobús y por megafonía sonó una voz femenina que anunció la inminente salida hasta Madrid.

-- "¡Atención! ¡Atención! pasajeros con destino Madrid. El autobús va realizar su salida"

En aquel típico trayecto Córdoba-Madrid, aburrido y sin ningún problema, surgió un imprevisto que dio cierta emoción al viaje. Se produjo un gran estruendo, llegando casi a la altura de la entrada a la capital, seguido de un ruido que en nada contribuyó a pensar que fuera algo bueno. Fue algo repentino, que se produjo en la parte trasera del autobús, en la zona donde se encuentra el motor. Una progresiva disminución de velocidad, de fuerza, que advirtió de un gran problema. Las miradas de los pasajeros se cruzaron unas con la de los otros, intentaban encontrar, mirándose a los ojos, alguna respuesta a lo que estaba sucediendo. El conductor, una persona joven de unos treinta y cinco años aproximadamente, se apartó a un lado de la calzada tras recorrer unos quinientos metros. Apeado en una vía de servicio, al lado de un polígono industrial, comprobó los daños sufridos en el vehículo. En ese momento, todo eran especulaciones por parte de los pasajeros. Comenzaron a murmurar miles de posibilidades de lo ocurrido. Como es muy normal en el ser humano, todos entendían de todo. Y los que no sabían, aprendían en ese momento.

-- "¡Creo que ha sido un reventón de ruedas!" -exclamaba uno con un tono de convencimiento apabullante-

-- "¡Estaba echando un humo muy negro!" -comentaba otro con una cara de preocupación-

-- "¡Yo creo que han sido las correas de distribución que lleva atrás!" -afirmaba uno que parecía saber mucho de mecánica de autobuses sobre todo por la seguridad con la que lo decía-

Al rato, se pudo ver al conductor fuera del autobús hablando por teléfono y esperando recibir instrucciones. Pasados unos minutos, volvió a subir, cerró la puerta y continuó su marcha. Eso sí, de forma más lenta que antes de la parada. Sin dar ninguna explicación a los viajeros se limitó a decir que iba a intentar llegar a las cocheras que tenía la empresa unos kilómetros más adelante.

Al cabo de veinte minutos de marcha, el conductor se desvió a la derecha para sortear una gran rotonda, una vez bordeada, apareció una señal que indicaba la necesidad de volver a salir nuevamente a la derecha. Entraron a un polígono industrial en el que la empresa de autobuses tenía una nave de estacionamiento donde poder sustituir el vehículo. Llegaron y el conductor, realizó cinco o seis pitadas de claxon. Nadie abría y el chofer bajó del vehículo para llamar por el telefonillo de la entrada. Después de cinco interminables minutos, abrieron las puertas y entraron en el interior de un gran patio donde había una flota considerable de autobuses de muy diversos tamaños.

-- ¡Por favor! —Anunció el conductor- bajen del autobús y diríjanse al que tienen a su derecha.

-- ¿A cuál? -preguntaba la gente-

-- Al de la derecha, por favor, y deprisa -volvió a repetir sin alterarse demasiado-

La situación era cómica. Todo el mundo corrió hacia afuera, como si de ello dependieran sus vidas. Trasladaron sus equipajes de lugar y comenzaron a surgir los problemas por el tiempo que estaban perdiendo en cambiar de autobús. Se constataba una situación de estudio de masas. Resultaba curioso y al mismo tiempo atractivo el comportamiento de algunas personas. Teatralizaban situaciones colectivas de muy diversa índole. "Cada uno era de su madre y de su padre tenían una forma de ser individualista" —se decía Juan riéndose interiormente- Pasado este vaivén, arrancó el autobús y el conductor preguntó: "¿Estamos todos?"Y un pasajero, que estaba ya malhumorado desde la primera parada y un tanto nervioso, exclamó: "¡Sí! estamos todos y si falta alguien que espabile" Las miradas de todos, los que se encontraban en el interior de este nuevo vehículo, se volvieron a encontrar y las sonrisas se dibujaron en los labios de la mayoría de los ocupantes. Era una terapia colectiva de aturdimiento ante la tensión que se había generado.

Al poco de salir de las cocheras, un señor comenzó a correr pasillo adelante y pasillo atrás para hablar con el conductor. Cada vez que volvía venía relatando algo nuevo. La situación volvía a ser de lo más cómica. Se trataba de un hombre de unos treinta y ocho años de edad que tenía que coger un avión y que por culpa del retraso que se había producido lo iba a perder. Para Juan la pregunta era obvia: "¿Por qué había cogido un medio de transporte que llegaba a Madrid con el tiempo justo para llegar a la zona de embarque del aeropuerto? No era comprensible"

Este individuo quería poner una reclamación en ese momento, el conductor le repetía una y otra vez:

-- "¡Por favor! siéntese y ahora cuando lleguemos a Madrid, la pone usted"

-- "¡Nada! quiero poner una reclamación ahora mismo" -insistía el viajero, mientras se agarraba a los primeros asientos próximos al conductor para no perder el equilibrio y caerse al suelo-

-- "¡Por favor! tranquilícese. Llegaremos pronto"

-- "¿Es que usted, no se da cuenta? que está jugando con mi tiempo y con el de los demás pasajeros" -de forma airosa y sin muchos aspavientos por temor a soltarse del lugar donde se encontraba agarrado-

Volvió a su asiento, mientras relataba sin sentido, pero como diría Juan, todo estaba motivado por el complejo R. Al momento, volvió a la carga. Ahora quería que el conductor le diera el teléfono de la empresa para que le pusieran un taxi a su llegada, de lo contrario, no llegaría a tiempo y perdería el avión. No tardó mucho en levantarse, nuevamente. Ya resignado a perder su avión y cuando entraba el autobús en la estación, repetía a un grupo de pasajeros que había que reclamar por el bien de todos y por la mejora de los servicios. Estos, para montar jaleo, le asentían con la cabeza y lo animaban en su declaración de intenciones. Nada más llegar y estacionar el autobús en la dársena correspondiente, se repitió la misma escena que en las cocheras, todo el mundo corrió para salir y recoger su equipaje. Las carreras iban hacia una nueva dirección. En el transcurso de recogida de maletas Juan se cruzó con la chica Asturiana y se despidió de ella amablemente.

-- "¡Que tengas buen viaje!"

-- "¡Igualmente!" —sostuvo ella-

El otro joven, el que pretendió sustituir a Sinatra por un grupo catalán llamado los Sixtel, recogió la suya y se marchó mirando de reojillo a Juan pero sin decirle nada. Escaleras mecánicas arriba, iban todos los pasajeros que acababan de llegar, y en esa subida Juan pudo ver la gran mezcla étnica y diversidad cultural de personas que transitan por estos lugares. Era increíble ver como se abría ante sus ojos una gran jungla de personas con situaciones y contextos distintos. Todo eran prisas, carreras, un gran caos bajo la apariencia de una perfecta calma.

Había algo que Juan no podía dejar de contemplar: los contornos faciales, los gestos y las expresiones de las gentes mientras se elevaba en aquella escalera que le conducía a la planta primera donde compraría el billete hacia San Sebastián. Delante de él, se mostraba una gran multitud de personas de distintas nacionalidades entre ellas marroquíes, hispanos, negros, etc. Todos confluían en la misma dirección. Configuraban un paisaje pintoresco de colores, prendas y olores.

En la planta superior había un gran pasillo, repleto de kioscos a la derecha e izquierda. Avanzó un poco más adelante y se encontró, de frente, unas escaleras que conducían al metro madrileño, a su izquierda una gran sala en la que se movían multitud de personas a ambos lados para colocarse en unas grandes colas que daban la posibilidad de comprar un pasaje. No había privilegio ninguno, el orden era según la llegada de cada persona. Lo único que prevalecía era el idioma para entenderse en la taquilla.

-- "¡Buenas tardes! ¿Qué desea?" –Preguntó la joven de detrás del mostrador-

-- "Quisiera un billete para San Sebastián, por favor" – respondió agachando la cabeza para poder mirarla a los ojos-

-- "Para eso tiene que trasladarse a otra estación"

-- "¿Cómo dice?" –se inclinó para oírla mejor-

-- "¡Que tiene que ir a otra estación a coger ese autobús! ¡A la de la estación de América! "

La estación en la que se encontraba era conocida para él ya que muchas veces había tenido que coger autobuses de regreso a Córdoba en otros años en los que le tocó viajar en otras circunstancias. Salió de ella y optó por la solución más eficaz en ese momento, coger un taxi. Todo lo demás podría ocasionarle un retraso. Observó en el mismo momento en el que abandonaba el edificio que la puerta del conductor del taxi se abría y salía un hombre de unos cincuenta años de edad que muy amablemente le cogió su maleta la colocó en el maletero invitándole a que entrara dentro del vehículo.

En apenas un par de minutos se encontraba dentro del taxi sentado con la mochila a su izquierda y esperando a decirle su destino.

-- "Usted, dirá" -volvió a decirle-

-- "A la estación de autobuses de la Avenida de América, por favor" – indicó a través de una mampara de protección de metacrilato con agujeros.

Observó que las medidas de seguridad con las que contaba el vehículo eran espectaculares y le dio a entender lo peligroso que conllevaba ser taxista en Madrid. Al poco de avanzar, comenzó una conversación perdidos en las calles abarrotadas de vehículos.

-- "¿Le han traído equivocadamente a esta estación?" - interrogó el taxista a Juan, mirándolo por el retrovisor-

-- "No, he llegado en autobús y ahora me dirijo hacia el Norte" – mientras, observaba a través de la ventanilla la majestuosidad de la ciudad de Madrid-

-- "¿A qué parte del Norte va?

-- "A ninguna en concreto, solamente voy al Norte" – respondió de forma seca y rotunda, mientras se pasa la mano por su cabeza-

En ese momento, el taxista quedó mudo. Había sido un toque de atención aquella respuesta y, como buen taxista y buen psicólogo de calle, sabía cuando seguir preguntando o cuando callar. A medio camino de la llegada, observando la gran cantidad de obras que había por todos lados, preguntó con interés por ellas.

-- "Y las obras en Madrid ¿Cómo van?"

-- "No van mal, terminado agosto, ya están provocando un caos espectacular. Los madrileños han vuelto de sus vacaciones y todo vuelve a la normalidad de los atascos, como puede comprobar" –el taxista, no perdía de vista el tráfico-

-- "La tranquilidad del verano en Madrid se rompe ahora ¿no?"

-- "No se crea, durante el mes de agosto hemos tenido atascos, algo no usual, para colmo el centro lleva mucho tiempo levantado".

Así charlando de cosas vagas y poco relevantes llegaban al punto fijado.

-- "¿Cuanto le debo?" –Preguntó, echándose mano al bolsillo para sacar el dinero-

-- "Son diez euros con cincuenta céntimos" –le respondió, girándose para recibirlo a través de una trampilla que había en la mampara-

-- "¡Ahí tiene!" -entregándole doce euros- "Quédese con el cambio"

-- "¡Muchas gracias!"

Mientras que el taxista bajó por su lado izquierdo, que estaba junto a la acera. Juan se las vio y se las deseó para poder abrir la puerta sin ser atropellado. Cuando al fin consiguió salir, el conductor ya estaba preparado con la maleta para entregársela

-- "Muchísimas gracias por todo" -dice Juan-

-- "No hay porqué, es mi trabajo. Buen viaje al norte"

Agarró su maleta por el estribo y se dispuso a entrar en aquella estación. Para cuando Juan se había dado la vuelta, el taxista ya se había marchado hacia el caos circulatorio de Madrid. La estación de Avenida de América era algo similar que la otra. Ésta se encontraba soterrada bajo la superficie de la ciudad. Una escalera metalizada, larga y gris lo introducía en un mundo subterráneo, diverso, de razas, de culturas, de formas de vestir, de entender, de mirar y hasta de sentir. Una larga cadena humana lo esperaba hasta llegar a la ventanilla donde compró su billete. Las situaciones eran parecidas a las que se había encontrado en la anterior, la entrada y salida de personas era interminable, venían del interior de un largo pasillo que se encontraba al fondo de la sala.

El tiempo volvía a detenerse. Una inmensa paz y tranquilidad interior lo recorría de arriba hasta abajo. No había prisas por nada, nadie que lo molestara. Era la situación más perfecta para observar el comportamiento humano y las relaciones sociales entre iguales. Esperando en la fila étnica que se había conformado en la bajada de la escalera por la que había descendido hacía unos instantes, comprobó que la gente se amontonaba en otra paralela al lado de la suya. Vio a gente que se acercó a ella y pensó que sería para otro tipo de billetes. En un momento determinado observó a dos hombres de unos cincuenta y cinco años que se encontraban esperando a ser atendidos. Tenían unas caras de ser unas personas muy seguras de sí mismas, muy "sobraos" como decimos en Andalucía, hablaban con la taquillera y uno de ellos se giró para comentarle algo a su compañero concerniente a los billetes. En ese preciso momento apareció un ciudadano con mochila que vestía jersey polo y pantalón largo. Se encontraba algo alterado su acento era argentino. Intentó hablar con la chica de la taquilla, aprovechando la conversación de los dos hombres.

-- "¡Perdonar! ¿Vos me podríais decir que autobús es el que llegó de San Sebastián?"

Algo le dijo la taquillera que no pudo escuchar Juan, ya que incluso el mismo chico argentino tuvo que pegar su oreja a la ventanilla para entenderla.

-- "¿Y no sabés en que sitio está parado? es que me he dejado la documentación"

En ese momento uno de los dos hombres que se encontraban en esa fila, el "sobrao", lo miró de forma agresiva y le dijo: "¡Y a mí qué coño me importa, tío!" el joven con cara desencajada por lo que le estaba sucediendo, lo miró a los ojos como diciendo "que no te tengas que ver nunca en una situación como la mía", y se marchó veloz hacia las dársenas para recuperar su documentación. Un grave problema tendría si no la encontraba - pensó Juan- al saber que si lo paraba la policía y le pedía la documentación se tendría que enfrentar a muchos quebraderos de cabeza y de explicaciones. Todo esto no era nada nuevo para Juan, ya lo había vivido tiempo atrás, este tipo de situaciones no eran fáciles de digerir y menos con el desprecio que la sociedad trataba los problemas de los demás, más aún a los hispanos, rumanos y la gente de color.

Había algo de deshumanización que lo hacía sentirse raro en esta sociedad. Una falta de aprendizaje social y emocional el que nos hace comportarnos de esta forma hacia los demás —pensaba- mucho tenía que cambiar la educación en el futuro para hacer una nueva sociedad de hombres y mujeres buenos, en la que la atención, el trabajo cooperativo y sobre todo la gestión de nuestras emociones fueran los detonantes de una nueva alternativa innovadora ante los conflictos. Recordaba mientras hacía cola para sacar su billete que durante mucho tiempo las emociones habían estado consideradas como poco importantes, que siempre se le había dado más relevancia a la parte más racional del ser humano. Los sentimientos son estados afectivos que nos indican situaciones internas personales, motivaciones, deseos, necesidades. Es muy difícil saber cómo actuaremos en cada momento, aunque es algo que puede ser intuido.

Lo más preocupante de todo lo vivido era que este tipo de situaciones tan poco humanas se veían como normales. A nadie le importaba lo que le pudiera ocurrir a otra persona. Te puedes estar muriendo y la gente pasar delante de ti como si tal cosa o por el contrario, te pueden insultar o ningunear y el silencio cobarde de los demás se hace cómplice del que te está agrediendo. Realmente dramático, pero cierto ¿En qué se está convirtiendo el ser humano? ¿En un ser individualista que intenta sobrevivir? O por el contrario ¿en alguien sin escrúpulos que utiliza a los demás para sus fines?

Desgraciadamente, lo más atroz de las cosas horribles, de la gente mala, era el silencio de la gente buena. —Le había ocurrido a él en multitud de situaciones- La gente calla y no responde ante la injusticia. No intervienen hasta que les toca a ellos, para cuando eso sucede, no queda nadie que los pueda defender. Por eso, las palabras que había recordado sobre el silencio de los buenos y que eran referidas a Ghandi, pesaban mucho para él en una sociedad bastarda y sin escrúpulos.

Por fin llegó su turno e hizo efectiva su compra del billete pero primero preguntó.

-- "¿Billete para San Sebastián? por favor"

-- "¡Sí! ¿A qué hora?" -contestó la taquillera-

-- "Pues... ¿a qué hora los hay?"

-- "Mire, estos son los horarios" —y le dio una hoja con todos los que había-

-- "El de las tres y media, por favor" —decidió tras ojear el folio-

-- "¡Muy bien! ¿Sabe usted, que este es el Alsa Supra?" – Puntualizó la joven, mirándole a los ojos e indicándoselo en el papel con su dedo índice-

-- "Y eso ¿qué quiere decir?"

-- "Que es más cómodo y más caro"

-- "¡Vale, ese mismo! No tiene mayor importancia"

Y pagando en efectivo el billete, se marchó tirando de su maleta, con la mochila colgada de un asa sobre su hombro derecho. Mientras caminaba, se iba encontrando un mundo globalizado en el subsuelo. Una cantidad de tiendas a cada lado del pasillo en las que se vendían de casi todo lo que uno pueda querer, comer, beber, leer y regalar. Cuando anduvo un rato y se hizo una idea del lugar optó por sentarse en uno de los bancos que se encontraban justamente en medio del pasillo. En frente, había un establecimiento que dispensaba bebidas y todo tipo de golosinas. A su espalda, se encontraba otro banco. Junto a otra tienda que ofrecía pañuelos, cinturones y todo tipo de regalos. Todo su equipaje lo colocó de manera que estuviera a la vista y a mano en cualquier momento que decidiera cogerlo. Mientras tanto, aquel pasillo era un ir y venir de gente que salían de una puerta que se encontraba a la izquierda de donde él estaba sentado. Un hervidero de conversaciones muy diversas recorría ese pasaje lleno de historias que narrar y en el que las miradas se perdían en ninguna parte.

La globalización es un fenómeno que nos ha cambiado tanto que parecemos todos iguales – reflexionaba- Es tan difícil distinguir a un europeo, que no sé si es austriaco o alemán. Hay que esperar a escucharlo en su lengua materna para así poder ubicarlo. Los mismos cortes de pelo, la misma ropa o parecida, hasta los gestos y muecas parecen iguales. Sólo la piel identifica a simple vista. Aunque los rasgos, también. ¿Hacia dónde se encaminaba todo esto? ¿Hay algún interés mundial en que así suceda? Su respuesta interna no podía ser otra que la que había oído comentar a un tal Eduardo Punset y que aventuraba hacia un mundo de un solo gobierno a nivel mundial.

Hacía tiempo hasta la hora de salida de su autobús. De pronto, se encontró con una nueva situación que le sorprendió por la naturalidad con la que se manifestó. También por la forma que normalmente tenemos los humanos de repudiar todo aquello que al mismo tiempo anhelamos. La escena se produjo momentos antes de las catorce horas. Una joven de color esperaba a alguien que apareció por la puerta que conducía a las dársenas donde se encontraban los vehículos. Estaba nerviosa, expectante, sin dejar de mirar a la puerta de salida de pasajeros que no cesaban de salir. En un momento dado, notó como los gestos expresivos, no verbales, de todos los músculos de su cara cambiaron al ver salir un chico de raza blanca, con un sombrero negro y una mochila. Se abrazaron y a continuación vino un interminable beso del que no parecían separarse nunca. Entre beso y respiro se regalaban algunas palabras.

La situación duró cerca de unos quince minutos, en los que no se separaron ni un momento. Con sus brazos entrelazados, no les importaban las miradas de los transeúntes, ellos continuaron con su apasionado abrazo de caricias y mimos. Se separaron por un momento y se agarraron de sus manos, desapareciendo a lo lejos.

Este momento provocó en Juan una sensación de envidia sana. Pensaba en lo estúpidos que somos al censurar las manifestaciones de amor y de cariño. Somos los adultos los que, con nuestros "jodidos" prejuicios, estereotipos, envidias, culturas y remordimientos, enjaulamos nuestros sentimientos y nuestros recuerdos para reprobar este tipo de actos. Es el miedo lo que nos condiciona. El qué dirán, si somos condescendientes con manifestaciones públicas de amor, podemos ser muy permisivos cuando queremos. Además, la cultura es un factor que condiciona mucho nuestro comportamiento.

Vivenciaba sensaciones y situaciones con las que se estaba encontrando que volvían a hacerle sentir que todo lo que le estaba ocurriendo era algo muy especial. Casi todo tenía que ver con las emociones, con los sentimientos, como si algo interiormente le estuviera manifestando que se preparara, que estuviera atento a lo que iba a ocurrir. Cuando comenzó su odisea, fue consciente de que era distinta a todas las que había experimentado. En el génesis de su viaje intuía que debía comenzar a escribir su propia historia, su recorrido, su viaje al Norte.

Tres cuartos de hora para la salida es lo que quedaba tras mirar su reloj. Un hombre y su hija de ocho años tomaron asiento cerca de él con sus maletas. La niña era muy guapa, de color y con unas trencitas que subían para luego caer a los lados. El padre, tras decirle algo a la pequeña, se alejó. Quedó sola al cuidado del equipaje. Sus ojos de desasosiego e incertidumbre miraban a los lados el regreso de su progenitor. Sus manos se aferraban al equipaje. Otra situación, -pensaba Juan- que rompe con los estereotipos tradicionales que tenemos en nuestro país. Es imposible que un padre deje sola a su hija a cargo de sus maletas. Sería una dejación de funciones ¿Cómo iba a dejar nadie en su sano juicio a su hija sola, con las maletas, sentada en unos asientos de una estación? Ésta era otra forma de entender, de educar, de vivir de otras culturas, de otras personas, que sin embargo no distaban mucho de la época que les tocó vivir a los suyos, en los que se hacían mayores desde muy jóvenes. ¿Cómo cambiaban los tiempos? – volvía a repetirse de forma melancólica. Y como las situaciones parecidas, iguales o distintas que vivíamos nosotros antes, se hacían manifiestas ahora, en otras culturas.

Quedaban unos veinte minutos para su salida. El padre de la niña regresó y se sentó junto a ella. En ese momento, Juan se levantó y se dirigió hacia la puerta que le conducía a las dársenas donde se encontraba su autobús. Al atravesarla sintió que comenzaba una gran historia.

El acceder a ese otro lugar le provocó un nuevo cúmulo de sensaciones y de observaciones. Se encontró con una gran cantidad de interminables columnas que emergían del suelo de izquierda a derecha. Marcaban el camino por el que tenían que transitar los miles de viajeros que todos los días llegaban o partían de esta estación y que sujetaban, al mismo tiempo, el techo de hormigón, que como un día nublado de invierno surcaba sus cabezas y que sostenía el suelo del exterior de Madrid. En cada una de ellas había unos ventiladores a los que les habían incorporado unas tiras de plástico, a modo de señalizadores que daban fe de su funcionamiento. Al mismo tiempo, agregaban unos pulverizadores de agua que hacían que la temperatura descendiera a unos grados considerables e hicieran la espera en aquel lugar más agradable. Encontró enseguida la dársena en la que tenía que coger el autobús. Todo estaba muy bien señalizado. El vehículo en cuestión se había estacionado y aguardaba a ser acondicionado para recibir a los pasajeros. En el momento de la salida, una azafata bajó a organizar el embarque. Comprobó su billete y con agradable simpatía le dijo que tuviera un feliz viaje. Momentos antes, había colocado su maleta en los bajos del vehículo. Ésta fue registrada con una pegatina de la que Juan tenía una copia. Pudo comprobar que algunos de aquellos equipajes eran de considerable tamaño. Podía intuir que sus dueños regresaban de unas merecidas vacaciones estivales.

No hubo que esperar mucho para acceder a los asientos de aquel raro, cómodo y moderno autobús que siendo igual por fuera que todos los demás, su interior cambiaba considerablemente a los que tradicionalmente había utilizado Juan. Éste vehículo tenía dos asientos al lado derecho y uno solo en el lado izquierdo. Disponía de aseo, prensa del día, revistas, servicio de música y televisión así como el servicio de una azafata que les atendería durante todo el largo trayecto de cinco horas que tenían por delante hasta llegar a San Sebastián.

Cuando su reloj marcaba las quince horas se cerraron las puertas y comenzó el trayecto. Al salir al exterior por un pasillo muy estrecho y del que pensó se quedarían encajados, se le presentaban unas vistas espectaculares de un Madrid cambiante, dinámico y maravilloso del que guardaba muy buenos recuerdos, de otras viejas aventuras e historias que nada tenían que ver con las que ahora se enfrentaba pero de las que tenía un recuerdo especial y unas sensaciones muy profundas.

Mientras venían a su memoria tiempos pasados, comenzó a sonar su teléfono móvil lo que hizo que volviera en sí y lo atendiera con prontitud.

-- "¿Sí? ¡Dime!" -miró la pantalla del teléfono, era su mujer-

-- "¿Ya has llegado?"

-- "¡No! Estoy en Madrid, saliendo hacia el norte"

-- "Pues podías llamar para decir por donde estás y lo que te queda para llegar ¿no crees?"

-- "Sí, tienes toda la razón del mundo, pensaba hacerlo antes de coger el bus"

-- "Bueno, ya llamas cuando tú creas conveniente" —y se corta la llamada-

-- "¿Oye...? Ya ha vuelto a colgar, ahora que quería hablar con la niña"

Con cara de enfado y pesadumbre se quedó durante un rato mirando por el cristal el paisaje de Madrid que iba quedando atrás como el cariño que antaño tuvo hacia su mujer. Todo estaba perdido, roto, hundido en lo más oscuro de las profundidades de su ser.

La azafata pasó repartiendo unas bolsitas en cuyo interior había unos pequeños auriculares de color azul para que los pasajeros pudieran disfrutar durante el viaje de música y alguna película que pudieran poner. Recogió su bolsa y después de abrirla y de desplegarlos, se los acopló en sus orejas, mientras introducía la clavija en el asiento que tenía delante de él. Sintonizó diversas cadenas hasta que se quedó con una de música, necesitaba anestesiar su mente: la situación vivida hacía unos momentos lo había dejado tocado. A la media hora de trayecto, se dio cuenta de que comenzaban a emitir algo por la televisión de abordo.

La película que proyectaban en las pantallas que llevaba alojadas el autobús de manera estratégica para que todos los ocupantes pudieran disfrutar de ella, escapó en principio a su atención, se sentía más atraído por el paisaje. En un momento dado, y sin saber porqué, se colocó los auriculares y buscó el canal que le diera sonido.

Sonaba una música lenta y entre oscuridad y neblina apareció el título "Tristan & Isolda"

-- "¡Interesante!" -Pensó, mientras se acomodaba en su asiento para observarla mejor-

El film contaba los problemas entre distintas tribus inglesas e irlandesas después de la caída de Roma. Un líder inglés, un tal "Lord Marke", que pretendía unirlas a todas en una sola para hacer frente a las tribus irlandesas y al mismo tiempo poder gobernarse entre ellos. La persona de más confianza con la que contaba, éste, se llamaba Tristán, a quien Marke había criado tras un ataque irlandés en el que mataron a su familia. Para Marke era importante que Tristán estuviera a su lado, pues lo consideraba una pieza clave para unificar a su gente y liberar Inglaterra del dominio irlandés. Pero Tristán albergaba un gran secreto. Fue herido y dado por muerto tras una cruenta batalla, pero es encontrado y cuidado hasta que recuperó el sentido y se repone de todas sus heridas por Isolda, una misteriosa y guapa irlandesa que lo mantuvo escondido de su padre el rey Donnchadh y de sus ejércitos.

Pero su apasionado romance se vio interrumpido cuando Tristán debía regresar a Inglaterra sin saber a ciencia cierta, si vería de nuevo a Isolda. El rey Donnchadh ofrece a su hija como premio de un torneo entre todos los campeones de Inglaterra. Para ese campeonato se presentó Tristán, sin saber que es Isolda la que estaba en juego. En este torneo ganó la mano de la princesa para Lord Marke, quien creyó que con la unión de él y la hija del rey Donnchadh Inglaterra quedaría unida finalmente. Para Tristán supondría una sorpresa y un revés muy grande el comprobar que la mujer que había ganado para su señor y con la que contraería matrimonio era Isolda, la bella joven Irlandesa que lo salvó y de la que estaba locamente enamorado.

El final es dramático y triste a la vez, deja un sentimiento de nostalgia y de pasión muy grande en Juan, le evocaba un recuerdo de la película Romeo y Julieta. Sus ojos enrojecían y brillaban a causa de las lágrimas que le afloraron. Al término de esta película, sintió y experimentó que este viaje, esta nueva experiencia, iba a significar un antes y un después en su vida. Había signos evidentes que le presagiaban una gran aventura tanto en lo personal y emotivo, como en lo profesional. Volvía a recordar aquello de que las intuiciones, los presagios y las corazonadas se nos ofrecen diariamente como una gran fuente de conocimiento tan válida como la propia razón y que son importantes fuentes de información a tener muy en cuenta.

A mitad de camino, el autobús realizó una parada corta para efectuar el cambio de conductor. El trayecto era largo, con una duración de unas cinco horas en las que se podía disfrutar leyendo la prensa del día, merendando o bebiendo algún refresco. Los paisajes que se veían tras el cristal eran muy hermosos. Grandes valles y altivas montañas que desafiando al cielo se erguían como lanzas, pregoneras de una tierra maravillosa, viva y llena de frescura. De un color verde hierba, con unos árboles robustos, como sus gentes. Las casas se escalonaban en pequeños estadios o grupos de ellas y se repartían entre lo abrupto del lugar. Pueblos que manifestaban modernidad, buen gusto y buena organización. Todo aquello le iba agradando a Juan que conforme se iba acercando a su destino experimentaba "mariposas" en la barriga como cuando era joven.

Antes de llegar a San Sebastián ofrecieron sugerencias y vendían las excelencias de viajar con Alsa, terminando todo con el pase de la azafata ofreciendo un obsequio y dando unos caramelos con una canastilla.

-- "Una forma muy dulce de terminar el viaje" -Pensó mientras desenvolvía el caramelo y se lo echaba a la boca.

La llegada a San Sebastián se produjo a eso de las ocho de la tarde. El lugar nada tenía que ver con la idea de una gran estación de autobuses que esta ciudad, bañada por el mar y peinada por los vientos, se merecía. Al bajarse del vehículo y recoger los equipajes, Juan se encontraba un poco confuso ante el lugar donde habían estacionado. Comprobó que todo el mundo había ya recogido sus pertenencias, de modo que había llegado a su destino. Dudoso, se dirigió a la puerta del conductor y preguntó:

-- "Supongo que esto será San Sebastián"

-- "¡Supone bien, señor!" -Le respondió de forma irónica-

-- "Es que verá, esperaba otro tipo de estación de autobuses y me he quedado un poco confundido"

-- "No se preocupe. Tiene toda la razón del mundo. Esta ciudad debería de tener una más acorde con la importancia que tiene" –El tono del conductor adquirió seriedad-

-- "Comprendo, yo tengo que ir a Zarauts. ¿Dónde puedo coger el autobús que me lleve?"

-- ¡Sí! enfrente del hotel Amara Plaza, puede verlo allí –

Le indicó con el dedo-

-- ¡Muchas gracias!

-- "No hay por qué darlas" –El conductor habló sin mirarle casi, estaba ya ordenando su cabina-

Juan tiró de su maleta en esa dirección sorteando algún coche que otro para atravesar un paso de peatones que daba al hotel indicado. Era un gran edificio que se levantaba erguido junto a la pequeña estación. Su color marrón claro y su forma de torreón le llamó mucho la atención, lo que propició que tomara una instantánea con su cámara digital después la guardó en uno de los bolsillos laterales de su pantalón corto. Se abría una nueva etapa en su viaje, se encontraba bien consigo mismo y le gustaba aquello que estaba viendo. Después, se dirigió a la marquesina de la parada de autobuses. Había allí una señora esperando.

-- "¡Buenas Tardes! ¿Me podría decir que autobús debo coger para llegar a Zarauts?"

-- Señalando a uno que aparcaba en ese momento dijo "¡Éste mismo! "

En la parada del bus se encontraba un joven de unos veinticinco años de edad. Su pelo rizado y su acento almeriense le daban un cierto parecido a un cantante de un concurso televisivo que causó furor hacía unos años. Llevaba una gran mochila colgada a su espalda y otra un poco más pequeña, colgada en su pecho. El muchacho se dirigió a Juan.

-- "¡Hola! ¿Tú vas también a Zarauts?"

-- "¡Sí, allí voy! ¿Quién eres tú?"

-- "Soy Alberto, vengo desde Murcia y voy a esa localidad a pasar unos días en el albergue de Igerain con un grupo de personas de toda España. Nos vamos a reunir para llevar a cabo un curso.

-- "Pues yo soy Juan, voy también a ese albergue y a ese curso"

-- "¡Pues qué bien! ¡Los dos vamos al mismo sitio!" –El joven pareció alegrarse-

-- "¡Estupendo!" -Le respondió Juan sin mucho entusiasmo mientras se distraía de nuevo mirando al hotel-

El trayecto fue un poco pesado dada la distancia entre las dos localidades. Es de noche y el desconcierto se acentuaba en ambos, tenían que encontrar el albergue a su llegada. Avanzaban por una carretera en la que se les unía, paralelamente, un río en el que se reflejaba el cielo nocturno con su infinidad de estrellas. En el autobús articulado que los llevaba se percibía a través de los cristales las siluetas de los pueblos ya iluminados. Las paradas se sucedían, lo mismo que las bajadas y subidas de pasajeros. Algunos en cuadrillas, como denominan en esta tierra a los grupos de amigos. Lucían camisetas de color amarillo y azul y cantaban algo en euskera que Juan no pudo entender. Comprobó que esta lengua era muy utilizada por las personas que se encontraban a su alrededor.

Ya había oscurecido hace algunos minutos, después de media hora de trayecto llegaron a Zarauts en medio de cierta confusión por donde apearse del autobús y por no saber donde se encontraba exactamente el albergue al que debían dirigirse. Preguntaron y alguien les indicó que se debían bajar en la última parada.

-- "¿Pero cómo saber cual era la última parada?"

Al poco rato, un pasajero les dijo que la siguiente parada era donde tenían que bajarse. Una vez allí, debían preguntar, al parecer el albergue se encontraba muy cerca.

-- "¡Muchas gracias!" -respondieron los dos con cara de alivio-

Al llegar, descubrieron una gran calle repleta de bares y tiendas. Daban la bienvenida y alumbraban la oscura y estrellada noche que hacía en Zarauts en el mes de septiembre. La confusión era grande y los rostros daban muestra de cansancio por tantas horas de viaje. Preguntaron por el albergue pero nadie les daba una pista exacta que les ayudara a encontrarlo. Al final, hicieron caso a una pareja que les dijo que fueran en dirección contraria por la que habían venido, creían recordar que se encontraba al final de dicha travesía.

Tras andar unos quinientos metros, decidieron acercarse a un hotel próximo y preguntar. Pero la respuesta fue negativa ¿Podría ser que nos hubiéramos bajado en una localidad cercana a Zarauts, y que ésta fuera otra distinta? -Se repetían los dos a modo de desahogo-

Les preguntaron a unas personas mayores que se hallaban sentadas en la terraza del hotel y estos les indicaron que habían venido en dirección contraria a la que tenían que haber cogido.

-- "Perdone, pero lo que me está diciendo es que tenemos que ir otra vez hacia arriba"

-- "Efectivamente, el Albergue que dicen se encuentra mucho más arriba. El que les han indicado es otro distinto. Es para peregrinos"

Así que después de darles las gracias y decirles de dónde eran agarraron sus maletas y volvieron a tirar de ellas hacia el mismo lugar de donde venían. Llegados al punto inicial de partida, preguntaron nuevamente y por fin los orientaron hacia el albergue. Una caminata de más de un kilómetro andado por una mala indicación. De todas formas no había ningún tipo de señal que indicara la ubicación de este alojamiento.

Cuando llegaron, solo les faltó besar el suelo.

-- ¡Por fin lo encontramos! – Suspiraron los dos de alivio al verlo desde lejos.

Como el seminario no comenzaba hasta el día siguiente, no había habitaciones reservadas para esa noche. A los dos les tocó pagar veinte euros. Nada más alojarse en la primera planta y después de dejar las maletas, salieron hacia el pueblo para tomarse unas cervezas.

Lo primero que hicieron nada más salir del albergue fue dirigirse a un bar y comprobar la fama que tienen sus pinchos. El establecimiento en cuestión no era muy grande y tenía forma irregular. Se encontraba medio lleno y tenía en exposición un sinfín de platos con una gran variedad de tapas. Los dos pidieron una cerveza y seleccionaron unos cuatro pinchos de distintas variedades. Los pinchos eran de un tamaño considerable, así como su precio que rondaba los tres euros por unidad. Aún así, mereció la pena su degustación.

Acabada la cena, salieron a la calle y disfrutaron del buen tiempo que hacía. Avanzaron por una callejuela que les llevaba directamente a una plaza. Tenía un mirador hacia la playa y unas escaleras a su derecha que descendían al paseo marítimo. El mar atraía mucho a Juan. No había sabido nunca explicar el porqué de aquella sensación, pero la verdad es que sin haber nacido en la costa su sola presencia le daba una sensación de paz, consuelo y de reposo.

Durante un buen rato estuvieron caminando y hablando mientras los transeúntes no dejaban de pasar por el lado de ambos. La marea hacía que el ruido que provocaba el mar junto al buen tiempo reinante en la zona, creara en ellos una sensación de bienestar y de sosiego que abrigaba una conversación mucho más rica e interesante. Los dos conversaban pero Juan era más cauto. Para Alberto, un joven de veintipocos años, suponía una agradable sensación el hacer este seminario. Muy dinámico y con mucha vida. Al cabo de una hora y media de aquel primer contacto con la localidad, regresaron al albergue con una sensación muy positiva de que la semana que iban a pasar en compañía de gentes llegadas de muchos rincones de España sería inolvidable.

En la oscuridad de la habitación, Juan reflexionaba sobre todo lo que había vivido en un día muy intenso de viaje. Se encontraba expectante con curiosidad de conocer a sus nuevos compañeros. Tenía una necesidad de observar, ver, compartir y estar al tanto de la cultura vasca. Tanto había oído hablar de esta tierra que se sentía atraído hacia ella con una fuerza muy grande. Pero ¿Por qué había algo dentro de él que le decía que este viaje sería distinto a todos los que había realizado anteriormente?, ¿Qué le depararían estos días de curso?, ¿Sería verdad que sus presentimientos se harían realidad?, tal vez todo fuera una consecuencia de todo lo que le estaba sucediendo.

3. Lunes. La llegada.

-- "Rin, rinrin, rinrinrinrin..." –sonaba un teléfono en la oscuridad de una habitación-

Juan había programado la alarma de su teléfono móvil para que sonase a las siete en punto de la mañana. Su propósito era salir temprano para ver, sentir y oler el nuevo entorno al que había llegado. Observar a sus gentes, pasear por sus calles y llegar al corazón mismo de su esencia. Y cómo no, ver el mar, olfatear su fragancia, mirar hacia el horizonte y notar la brisa fresca acariciando su cara. Hacerse una composición del entorno y de los lugares más típicos por los que pasear.

Tardó unos quince minutos en levantarse y después de estar sentado unos instantes sobre la cama pensativo, se aseó. Luego se vistió, arregló la cama y salió sigiloso del cuarto sin olvidar su cámara fotográfica. Al bajar del primer piso donde estaba alojado, anduvo unos metros por un pasillo largo que desembocaba en el vestíbulo principal del albergue y en el que a su derecha se encontraba una sala de estar y enfrente la oficina de recepción donde dejó la llave del cuarto. Le atendió una chica joven que, aunque algo fría en su conversación, le dejó una agradable sonrisa. Después, salió y se dirigió nervioso hacia el pueblo. Eran unos trescientos metros de distancia los que los separaban del lugar. Quería verlo todo, palparlo, conocerlo y disfrutarlo.

El instituto de meteorología pronosticaba un desapacible estado de inestabilidad para toda la semana.

La mañana empujaba al sol a asomarse luminiscente sobre el horizonte. Por el tramo del albergue hasta la localidad se iba encontrando algunos caseríos típicos de estas tierras, así como unos edificios altos que emergían entre lo abrupto del terreno. Lo bello y pintoresco del lugar era el contraste del verde, que emergía por todos lados con el azul del cielo en el horizonte. Las nubes salpicaban la cúpula celeste con algún que otro trazo blanco en su paleta de colores. El olor a hierba mojada y la brisa fresca del mar hacían del entorno un lugar idílico por el que pasear.

Lo primero que vio de esta bella ciudad fue el *Photomuseum o Argazki & Zinema Museoa*. Un edificio que emergía elegante hasta completar las cinco plantas de las que hacía gala. Combinando antigüedad con modernidad, albergaba a su espalda un frontón donde unos adolescentes jugaban a este juego tradicional de pelota vasca. A continuación, cruzó un paso de cebra que le llevo hacia un cruce de caminos. A la izquierda, se encontró con una iglesia provista de una torre rectangular en la que en su cima tenía bien distribuidas siete campanas de diversos tamaños, con un reloj más abajo. Un poco más adelante, doblaba la carretera hacia la vecina y cercana Guetaria que se encontraba a la derecha una plaza en forma cuadrada. En el centro se levantaba un quiosco de música en forma circular y techado, donde los sones de instrumentos y fanfarrias sonaban sin parar en fiestas y celebraciones. La zona estaba repleta de bares y cafeterías.

Perdido entre las calles, andaba y observaba todo lo que a su alrededor descubría. Había multitud de carteles a favor de presos etarras, balcones con banderas reivindicativas de acercamiento de los mismos a cárceles vascas y de señales que le anunciaban que se encontraba en el interior de la zona caliente del entorno de ETA. En este momento, los prejuicios que traía arrastrados desde su lugar de origen se acrecentaron. También los medios de comunicación a los que atendía a diario, le hacían reforzar esas convicciones. No obstante, cuando se conoce de verdad a las gentes de esta tierra, se da uno cuenta que no es tanto como lo que dicen de ellos.

Así lo fue interpretando poco a poco, conforme fue conociendo y conviviendo con ellos. Incluso la lengua vasca fue algo que le impresionó y disfrutó poniéndola en práctica durante toda su estancia. Aquí se vive en paz y no todos son terroristas.

Había en el ambiente, en el entorno, en los edificios, en la gente, una fuerza, algo especial muy distinto a lo que estaba acostumbrado en el sur. Algo peculiar que exteriorizaba frialdad, pero que albergaba un calor intenso en su interior. Las callejuelas le recordaban a las de su Córdoba natal. Y sobre todo, muy en particular: los balcones con las ropas tendidas al exterior, algo curioso que le llamó mucho la atención, le evocaba momentos de su niñez cuando la gente hacía lo mismo en los tendederos vecinales que eran levantados con unos palos largos a modo de horquillas.

Otro lugar importante en su primer día fue el mercado municipal. Para llegar atravesó una gran plaza que había frente al ayuntamiento, que era un palacete antiguo de tres pisos. Destacaban tres balcones con un mástil en cada uno de ellos, sin banderas ni escudos representativos. La entrada era amplia y la fachada ofrecía un color marrón por la piedra con la que estaba edificado. Al mismo tiempo, las flores que adornaban ventanales y balcones lo embellecían mucho más.

El mercado, *Udal Merkatua*, de nueva construcción y situado en el pasillo que había entre el consistorio y otro edificio anexo, era de forma alargada y rectangular. Disponía de una gran variedad de puestos en todo su recorrido, incluso en el centro. Su techo de madera constituía unas formas muy estilizadas acorde con el resto de la decoración del edificio. Se producía una simbiosis cromática entre las frutas, verduras y el blanco y azul de las paredes interiores del edificio. La entrada a este lugar ofrecía un buen escaparate para la compra de cualquier producto necesario para la cesta de cualquier casa o caserío. Las conversaciones entre las gentes se sucedían de forma continuada en euskera, aunque había algunas en castellano. La lengua vasca era difícil de entender pero atendían a los visitantes con mucha amabilidad y en un perfecto castellano si era necesario.

La cantidad de plazas, parques, zonas verdes y sobre todo la conciencia ecologista de movilidad hacían entender a Juan parte de la cultura de la zona. Él se encontraba a gusto, no había notado crispación, enemistad, ni altercados por ninguna parte. Tal vez esa era la gran equivocación que se tenía de esta gran tierra, que se podía vivir en paz, que no todo eran bombas y tiros en la nuca. Los estereotipos siempre son una gran losa que no nos quitamos hasta que nos enfrentamos a ellos. Aunque si le preguntaran a alguien que estuviera amenazado por esta banda, daría una visión bastante diferente.

-- "Realmente nada es como se ve, tan solo del color del cristal con el que se mira". -se repetía interiormente-

Una plaza se abría ante sus ojos y en el centro de ella una gran paloma de la paz emergía con todo su esplendor. Unas flores a su alrededor daban colorido a tanta concordia.

-- "Como símbolo de convivencia y de paz entre todos".

-- "Qué contradicciones más absurdas. Muerte y violencia que se producen por no sé qué causa y al mismo tiempo símbolos de paz. Así es este mundo".

Al pasar por una calle no muy ancha, descubrió algo que le aclaró lo que había vivido el día de su llegada a esta hermosa localidad. Se encontró con un escaparate con objetos de color azul, como camisetas, pañuelos de cuello, etc..., dando su apoyo a un club de remo. Luego, encontró en los balcones pañuelos del mismo color. Había otro equipo en disputa, los amarillos. Esa era la razón por la que las personas que iban en el autobús de San Sebastián a Zarauts, el día de su llegada, hacían cánticos en euskera y acudían ataviadas con esos dos colores.

Se trataba de las traineras, unas embarcaciones que eran una adaptación de las barcas pesqueras y que estaban compuestas por trece tripulantes, doce remeros y un patrón. Los dos primeros domingos de septiembre celebraban en la bahía de la Concha una competición por el principal trofeo del circuito del Cantábrico, la Bandera de La Concha. -Una buena manera de competir, mantener las tradiciones y disfrutar. Si todos fuéramos así... Creo que no habría chispa o intensidad en nuestro vivir diario. Considero que es necesario, en parte, ese caos para que todo vaya funcionando de un modo u otro.

Lo más buscado por Juan era el mar, que se recogía poco a poco hacia adentro como el ebrio que vuelve por la mañana después de haber estado toda la noche de fiesta. El devenir de las olas, con su espuma blanca hacia la orilla, animaba a los surfistas a meterse dentro del agua y hacer sus piruetas encima de su tabla esperando a la más maravillosa de ellas para surfearla. El paseo marítimo se encontraba transitado por mucha gente realizando actividad física. Por todo el recorrido, se podían contemplar multitud de figuras de metal con alegorías al mar.

-- "La cultura en la calle, buena forma de dar a conocer a las gente la belleza y la creatividad del artista". —Se decía, mientras admiraba una figura que se levantaba representando una ola embravecida-

El arte, las ciencias, el conocimiento eran cuestiones que le gustaba cultivar. Por eso, al observar cómo las esculturas se encontraban distribuidas por todo este trayecto esta tierra daba una imagen de amor por el arte y de admiración por lo artístico.

Después de pasear durante mucho tiempo por esta zona de la ciudad se dirigió hacia la zona sur. Tanto anduvo que llegó un momento en que perdió la noción del espacio y no supo dónde se encontraba. Dio un gran rodeo para reubicarse y encontrar, como se suele decir de nuevo el norte. Toda una jornada matinal de paseo, mereció la pena perderse y llenar sus pupilas con rincones, paisajes, gentes, amenizadas con conversaciones muy interesantes.

-- "Todo merece la pena y todo tiene un por qué. Y si esto estaba ocurriendo de esta manera era por algún motivo que no llegaba a ver. Las cosas no ocurren porque sí, ocurren por algo en concreto".

Aunque no tuviera sentido en el mundo perecedero de Juan, sí lo tenía a nivel cósmico. Para Juan hacía mucho tiempo que la religión había perdido sentido como forma de entender la concepción del mundo. Sus valores eran cristianos y su impregnación había quedado de alguna forma en él, pero no compartía muchas o casi ninguna de las cosas de los dirigentes terrenales de ésta y de otras religiones. Su formación en psicología y el haber trabajado, visualizado y experimentado con diversos materiales y técnicas, como la psicología positivista o la teoría de las cuerdas, habían reformulado sus planteamientos existenciales de una forma brutal. Él entendía que todos trabajamos con una energía infinita, que somos guiados exactamente por las mismas leyes naturales del universo. Todos funcionamos con un solo poder, una sola ley que es la de la atracción. El Secreto, su secreto, era que todo lo que le ocurría le llegaba a su vida por ese poder, por esa ley. Los acontecimientos de su vida los atraía por medio de la virtud de las imágenes que solía mantener en su mente, por lo que pensaba, por lo que ansiaba conseguir con todas sus fuerzas. Todo lo que sucedía en su mente era atraído hacia él de una forma u otra. Lo único que variaba era la apreciación del tiempo que no era la misma que la que tenemos en la cotidianidad con la que vivimos. El tiempo es lineal y va, de momento, en una sola dirección que no podemos invertir. Nuestras decisiones son una entre las miles que podemos elegir. O lo que es lo mismo, el control de nuestras acciones. Ésta era una de las teorías en las que él creía. El diez por ciento de lo que nos pasa en la vida es producido por el azar, por lo que no controlamos, y sólo el noventa por ciento restante está relacionado con la forma en cómo reaccionamos ante las circunstancias que nos ocurren.

Después de reflexionar mucho acerca de su planteamiento o filosofía de vida, se encontró frente al reloj de la iglesia que horas antes había admirado. Miró las agujas que marcaban las doce y procedió a cruzar un paso de cebra para introducirse en un soportal techado en madera y con unas vigas de hierro que lo sostenían. Enfrente, había un parque con un verde espectacular que hacía más bonito el entorno. En la pared de dicho lugar había una inscripción que le resulto un tanto curiosa y que rezaba así:

"SE PROHIBE

JUGAR A LA PELOTA Y CUALQUIER OTRO JUEGO EN ÉSTE PÓRTICO Y ALREDEDORES DE ESTE TEMPLO BAJO LA MULTA DE 5 PESETAS"

Esto le hizo sonreír y recordar tiempos de niño, cuando le prohibían jugar a la pelota en las plazas y en otros lugares, pero él desafiaba una y mil veces a la autoridad. Otra vez le volvía la teoría del "diez-noventa" a la cabeza. No tenemos control de este diez por ciento. Nos viene dado de alguna forma. El resto, el otro noventa por ciento, es diferente. Somos nosotros los que lo determinamos con nuestras reacciones ante las situaciones que se nos presentan. -Hablaba en voz alta- Somos al fin y al cabo producto de nuestras decisiones.

El almuerzo se servía a partir de las dos. Así que se dio prisa en llegar al albergue para poder comer. Deseaba conocer al resto de participantes que conformarían el grupo con el que convivirían durante esos siete días. Nada más llegar a la entrada le llamó la atención un hombre de unos cincuenta años de edad aproximadamente sentado en uno de los bancos que había en el exterior. De complexión obesa, cigarrillo en la mano, pelo canoso y vestía un jersey polo a rayas horizontales, el pantalón era corto, unas chanclas y una pequeña botella a su izquierda. Con cierta lentitud levantó la cabeza y al pasar Juan le preguntó.

-- "¡Hola! ¿Me podrías decir la hora?, por favor".

-- "¡Por supuesto que sí! la una y media". - dijo muy educadamente-

-- "¡Gracias!" -le contestó el extraño señor, dándole una calada al cigarro y volviendo a bajar la cabeza hacia el suelo-

Una vez dentro, se encontró con los responsables de la organización que ya se encontraban allí. Con el primero que habló fue con Jorge, un joven de treinta y tantos años de edad, un metro setenta y cinco de altura, con cara de buena persona pero serio y controlador. Le explicó que por la tarde cuando llegara el resto de la expedición comenzarían las presentaciones y explicaciones del seminario. Fue ese el momento en el que Juan aprovechó para subir a la habitación y trasladarse a la planta segunda donde compartiría sueños con tres nuevos compañeros que se unirían más tarde. Después del almuerzo, poco antes de comenzar las presentaciones e iniciar este seminario, los pocos que se encontraban presentes se trasladaron a una zona que se encontraba unos metros más abajo del mismo albergue, en la que había un caserón que alojaba a un gran grupo de jóvenes ingleses. Había algunos elementos de juego para pequeños, como columpios, donde se congregaron en grupo y charlaron sobre el momento, la situación, el lugar de procedencia... En esta reunión se encontraba Alberto, el compañero con el que vino Juan desde San Sebastián el primer día, Sara, una chica jovencita de unos veinte años con una cara muy dulce y Dani, un chicarrón de estas tierras del norte de Euskadi que acababa de volver como voluntario europeo y que tenía ese estado que llaman "mono" tras descubrir otra perspectiva de la vida, durante el año que pasó en un país de la Unión Europea. Otro de los presentes, Jesús, era un chico de Barcelona del Ateneu Popular de Nou barris que se estaba formando en una escuela de circo. Tenía una pinta de "punki" que llamaba la atención pero que más adelante haría ver que las apariencias engañan y que la vida nos hace actuar por los malditos estereotipos que asumimos a priori y que nos hacen formarnos unas ideas preconcebidas de cómo son la personas, sin que eso tenga nada que ver con lo que realmente son, hacen o sienten.

El seminario estaba siendo una caja de sorpresas. Además de encontrar sentimientos y emociones escondidas para Juan, serviría para "descascarillarle" la coraza de cangrejo que se había construido en estos últimos años. Por último, descubría a Lola, una chica sevillana con rastas en el pelo y con una ropa muy extravagante. A primera vista, transmitía una imagen que nada se correspondía con la gran madurez, inteligencia y buen hacer que demostraría en días posteriores.

Habían sido muchas las horas que había pasado Juan desde que partió de la estación de autobuses de Córdoba, hasta su llegada nocturna y su posterior amanecer en la localidad norteña de Zarauts. Además, el cúmulo de sensaciones, situaciones y experiencias vividas estaban convirtiendo el encuentro en una especie de terapia para evadirse y sentirse bien consigo mismo. Una actividad de reflexión interior que le serviría para llenar ese espacio que permanecía vacío durante largo tiempo.

Las seis de la tarde era la hora del inicio de este gran encuentro de jóvenes, técnicos de juventud y responsables de asociaciones juveniles procedentes de multitud de rincones de la geografía española. El total de participantes eran treinta procedentes de Málaga, Toledo, Alicante, Galicia, Córdoba, Barcelona, San Sebastián, Madrid, Asturias, La Rioja, Murcia y Guipúzcoa, principalmente. Habían llegado unos quince que se fueron reuniendo debajo de unos ventanales que había conforme se salía por la puerta principal del recinto a la derecha a unos metros de la entrada de vehículos, cerca de un pequeño aparcamiento. La sesión arrancaba con una serie de dinámicas de bienvenida a los que iban a pasar una semana formándose en las acciones del programa Juventud en Acción. En primer lugar, se les indicó el horario de funcionamiento que tenía el albergue en cuanto a comidas, entradas y salidas por la noche. Las normas de comportamiento que se les pedían a todos y a todas durante su estancia en ese lugar. Seguidamente, se les requirió que se fueran presentando uno a uno de forma que pudieran ir conociéndose por sus nombres de pila. Formando un óvalo, les dijeron sus nombres y también el lugar de donde procedían. De esta manera, el resto se iba haciendo una idea más exacta de las personas con las que compartirían toda una semana intensa de formación, adquisición de habilidades, competencias en la elaboración de programas juveniles y de relaciones interpersonales. Era una forma de romper el hielo entre todos y todas, una dinámica interesante.

Jorge comenzó por presentarse y le siguieron todos los presentes. Entre otros, se encontraban Niko, Soufian, Juan, Miguel, Dani, Lola y Maite. Más tarde, se incorporarían el resto. Entre ellas, Julia, una chica madrileña curtida en mil batallas. La acompañaba Pilar, una joven con una gran inocencia reflejada en su rostro. Noelia, que llevaba muy bien su obesidad y que la hacía merecedora de una radiante felicidad y sonrisa.

- "¡Hola! mi nombre es Noelia y vengo de Asturias".

- "¡Hola! mi nombre es Javier y vengo de la Rioja".

- "¡Hola! mi nombre es Miguel Ángel y yo vengo como Noelia, de Asturias".

- "¡Hola! mi nombre es Nicolás, me llaman Niko, vengo de la Rioja y estoy encantado de estar aquí".

Siguieron presentándose: Soufian, Juan, Alberto, Dani, Maite, Jesús, hasta llegar de nuevo a Jorge.

En ese momento, tuvieron que apartarse hacia la pared pues llegaba un coche, y seguían incorporándose nuevos participantes. Dos se unieron al grupo en seguida. Eran de Málaga y se llamaban Carolina, Izaskun y Helena. La primera era una chica muy sensible, tierna y emotiva. La segunda era hija de madre vasca y padre cordobés. Una extraña mezcla que le había hecho conocer bien esta cultura. La tercera era Helena, cara redonda, pelo corto, un salero malagueño que se dejaba ver desde el primer momento y una sonrisa maravillosa. En el momento en el que se incorporaron, se presentaron y Jorge les comentó lo que estaban haciendo.

A Juan le llamó la atención, en principio, pero de forma pasajera la llegada de estas chicas que junto con la sevillana, Lola, formaban un grupo de andaluces y andaluzas con mucho arte. Un momento antes de pasar dentro de la sala, donde se desarrollaría este seminario Juan se acercó a Lola para charlar con ella.

-- "Mi nombre es Juan, y el tuyo Lola, ¿no?"

-- "¡Así es! Y tú venías de Córdoba ¿no?"

-- "Exacto, y tú de Sevilla si no me equivoco".

-- "¡Efectivamente!"

De pronto una voz los animaba a todos y a todas a entrar dentro del albergue, era Maite, la otra chica vasca del grupo que organizaba el seminario. Se encargaba de explicar el funcionamiento del mismo. Dentro de la sala donde trabajarían toda la semana indicó algunas cosas interesantes que debían tener en cuenta todos los días.

-- "¡Muy bien! pasamos todos y todas dentro donde Maite nos va a explicar el funcionamiento del seminario y alguna que otra cosa más". –Indicaba Jorge-

-- Gracias Jorge. Ahora, si me acompañáis a la sala de trabajo os explicaré algunas cosas que son de interés común para todos.

Todos se fueron detrás de ella. Juan y Lola entraron manteniendo la conversación que mantenían hacía unos segundos. Maite era una chica joven de unos veintipocos años, alta, delgada, pelo rubio, lucía una camiseta de tirantes amarilla y falda azul, con unas sandalias que se sujetaban en la parte alta del tobillo y que dejaban al descubierto todo su gran pie. Entraron todos en una habitación rectangular con una puerta y ventanas que daban a una gran terraza desde la que se podía ver la parte baja del albergue y la casa que tenían alquilada el grupo de jóvenes ingleses. Las paredes de la habitación se encontraban pintadas de amarillo, por todas ellas había colocadas multitud de cartulinas. La explicación comenzó justo al lado de la puerta que daba acceso a la terraza. Habían desplegado un gran lienzo de papel blanco en el que se podía ver una gran tabla pintada y distribuida en ocho columnas. La primera de ellas era la reservada para el nombre o "Izena" en vasco, el resto eran los días que iban a estar y que quedaban señalados por las fechas del 7 al 13 de septiembre. Tenían que colocar su nombre y poner cada día el estado de ánimo y comentar las actividades que habían realizado, mediante unos colores que significaban contento, comunicativo, hecho polvo etc... Todos se situaron de forma que pudieran ver a Maite y les pudiera comentar el trabajo diario que iban a realizar. Mientras tanto, Jorge observaba detrás de todos cómo se desarrollaba la escena. El acto se repetía al enseñarles otras cartulinas de diversos colores, como el azul, rojo, amarillo... que había detrás de la puerta de entrada y que venían a invitarlos a escribir todas aquellas dudas que les fueran surgiendo durante el desarrollo del encuentro.

En ese momento Jorge, volvió a tomar la palabra para indicarles con esa seriedad que lo caracterizaba, lo que significaban las otras cartulinas de igual color que había al otro lado de la puerta y que se encontraban paralelas a las que había explicado Maite.

-- "¡Bueno! ¡Atended! Estas otras van a reflejar, como su nombre indica, las pistas para la práctica. Dicho de otra forma, serán el diario donde colocaremos las posibles actividades a realizar y que pueden surgir de este encuentro".

-- "¡Sí! Pero –Respondió inmediatamente Niko- ¿por qué hay cuatro cartulinas?"

Nicolás era de Logroño, alto, con un corte de pelo al cero, las facciones muy redondeadas y una de las personas más dinámicas y dicharacheras que había conocido Juan.

-- "¡Buena pregunta!" – Dijo Maite, mirando a Niko con cierto malestar, ya estaba el listillo de turno dando por saco-

-- "Las cartulinas representarán a los distintos grupos que vamos a formar durante toda esta semana. Por tanto, cada grupo anotará sus propuestas en la cartulina que corresponda a su color".

Pasaron a sentarse formando un gran círculo. Explicaron diversos aspectos importantes del desarrollo de todo el seminario, como el cronograma de actividades y un powert point con las actividades que iban a desarrollar. Todo esto intentando crear un buen ambiente entre los asistentes.

-- "¡Bien! ya os hemos explicado todo el funcionamiento interno de las actividades que vamos a desarrollar durante todos estos días. Como hay que crear buen ambiente y aportar buenas vibraciones, haremos una actividad que llevan a cabo en una tribu perdida por la Amazonía como forma de ahuyentar los malos espíritus". –Dijo Jorge de forma irónica-

Los reunió de pie formando un círculo para realizar un "Machinga". Esta actividad consistía en decir de uno en uno y de forma rápida la consonante MAAAAA…… mantenida hasta que llegara al último de los que formaban el círculo. Terminaban la palabra elevando los brazos hacia arriba, Así que todos se dispusieron a realizarlo. Hubo dos intentos el primero salió regular, el segundo fue más profundo y emotivo.

- "¡Probemos! -dijo Jorge- Maaaa…… y cuando llegó al último terminaron con un gran Maaaa…… chinga".

Y como todo en la vida tiene un porqué, el destino iba configurando las escenas de varios protagonistas. Sin ellos saberlo, comenzarían a estar muy cerca uno del otro en casi todas las actividades que se irían llevando a cabo. Algunas veces se mirarían, otras se acercarían. Y otras, finalmente, harían que estuvieran juntos. A continuación, hubo un hecho que descolocó a todos los participantes.

--¡Hola! Ahora, vayamos todos y todas fuera a buscar una piedra. -Dijeron Ainhoa y Jorge-

-- ¿Una piedra? preguntó la mayoría.

-- ¡Sí! una piedra. Pero ojo, una piedra de tamaño normal de bolsillo. -Comentó Ainhoa con una gran socarronería-

Todos y todas estaban desconcertados. ¡Había que buscar una piedra! -Qué cosas inventan, dijo Juan-

Bajaron a la parte posterior del albergue y durante un buen rato estuvieron buscando alguna piedrecilla que les sirviera sin saber realmente para qué. Era una escena graciosa. Las chicas se inclinaban con cuidado y tapándose el escote. Los chicos a lo práctico, la primera que encontraban valía. Pasados unos minutos, los subieron otra vez a la sala. Dentro explicaron que había que llevar la piedra durante todo lo que durara el seminario, ya explicarían el significado de llevarla.

Entonces comenzaron otras actividades dirigidas por Ainhoa. Ella era una persona gruesa, de gran rostro, de mucho entusiasmo. Había sido madre hacía poco y estaba terminando su carrera en la universidad. Era todo frenesí, alegría y positivismo. Las tareas consistían en pintarse a ellos mismos. Comenzaban con un folio, se les decía a cada participante que colocaran su nombre y marcasen su contorno facial. Después, se los intercambiaban unos con otros, y debían pintar el pelo del que les había tocado. Así estuvieron, hasta completar todos los dibujos. Fue un juego divertido, todos se mezclaban entre una gran maraña de cuerpos buscando esa inspiración y esa mirada atenta hacia el otro para poderlo pintar fielmente a la realidad. Las risas, el buen ambiente, y las ganas por participar, conformaban un clima muy favorable para que todo saliera bien, además, las habilidades de los monitores eran fabulosas. Dentro de cualquier grupo, hay siempre personajes que se salen de lo que llamamos norma, personas son aquellas que son diferentes, que actúan extrañamente para el resto, que descolocan con sus preguntas, y con sus acciones. En este colectivo, que comenzaba a conocerse, apareció un personaje que terminó siendo muy querido y comprendido: su nombre era Javier. Tenía una complexión delgada, gafas, pelo rizado, y blanco de piel. A él le habían pintado con una nariz roja. Al principio, fue acogido como alguien gracioso. Más tarde, despertaría desconcierto por sus preguntas y respuestas inteligentes.

Terminada esta experiencia, cada uno tenía que presentar al sujeto al que había acabado de pintarle alguna parte de su rostro. A continuación Jorge subido en una silla lo iba colocando en la pared.

Aquí no terminó la noche y menos aún las actividades. Una vez vistas las caricaturas, salieron a la entrada principal del albergue. Ahora tocaba bailar un baile que se cantó en euskera por parte de Ainhoa, y que les hizo troncharse de risa. Consistía en ir cantando –chuchuá, chuchuá- mientras iban colocándose en posturas graciosas. Volvieron dentro y terminaron con nuevas dinámicas, antes de cenar. La primera consistía en colocarse por parejas, uno con los ojos tapados, el otro no. Tenían que acercarse al compañero y tocarse sus narices como los esquimales. A Lola, la chica sevillana, le tocó Nicolás. Este, con su gran alarde de dinamismo y su cara de bonachón, hacía que rompiera en carcajadas a cada instante. Para guiar a su compañero, el otro debía soplarle para que se orientara y llegase a colocar su nariz con la de su compañero. A Juan le tocó Soufian, un joven marroquí que llevaba afincado varios años en España trabajando con una asociación de inmigrantes en Madrid. Para terminar, un juego por grupos. Se debían colocar en hilera y pasarse un papel de boca en boca sin tocarse con las manos. El revuelo fue espectacular, las risas y el buen ambiente no dejaba de crecer. Además, ya se comenzaba a establecer una gran interacción entre todos, unos más que otros. Los grupos se iban conformando entre los asistentes. Pero como siempre hay un juego más, se organizó una cadena humana en el suelo. Todos tumbados, agarrados como una piña. Mientras tanto, Maite había comenzado a soltar a alguno que le fuera ayudando a levantar a los demás. Y así sucesivamente, hasta desengancharlos a todos.

Llegada la hora del almuerzo Juan mantuvo alguna que otra conversación con el resto de participantes en la mesa donde le tocó sentarse. Pero hubo algo que le volvió a desconcertar. La presencia de aquel extraño hombre que había visto por la mañana. Parecía vivir allí, no era la típica persona que se alojaba en un albergue para pasar unos días. Además, se le acercó y le preguntó la hora.

-- "las siete menos…. Las ocho" –respondió-

-- "¡Gracias!"

El comedor era de forma rectangular con ventanas a los lados. Al fondo, una pared con una composición de cuadros en horizontal que la cubrían por completo de trazos y colores vivos. Las mesas, colocadas en horizontal, eran para ocho comensales. Al entrar, a la derecha, se encontraba el mostrador de la cocina. La comida se servía en unas bandejas de acero inoxidable que se encontraban situadas junto al pan y los cubiertos. A la hora de disponerse a cenar se configuraron las mesas de manera aleatoria, de tal forma que coincidieron Juan y Helena. Llegado un momento y tras varias conversaciones entre todos los miembros de la mesa ella le preguntó:

-- "¡Hola! ¿Tú eres el que sales por la mañana a andar?"

-- "¡Sí! Yo soy. ¿Y tú eres…? Helena ¿No?"

-- "¡Efectivamente! veo que conoces mi nombre". –La chica tenía una gran sonrisa que iluminaba su rostro-

-- "¡Pues sí! yo salgo por las mañanas a dar un paseo por la playa" -Dijo Juan con cierta curiosidad por lo que podría decirle a continuación-

-- "¡Pues mañana me gustaría salir a andar contigo!, Si no te importa".

-- "¡No hay problema! A las siete y media estoy en marcha. ¿En qué habitación estás?"

-- "En la doscientos diez. ¿Y la tuya?" –Dijo con cierta curiosidad-

-- "La mía está un poquito antes que la tuya, la doscientos cinco. ¡Pues nada! pon el despertador que mañana paso a recogerte". –desconcertado-

-- "¡Muy bien! ¡Gracias!" -respondió ella, mientras terminaban de cenar-

Juan nunca imaginó que esa conversación sería el inicio del cambio que comenzaría a experimentar desde que amaneciera. El universo ponía en marcha el mecanismo de funcionamiento para hacer que dos mundos llegaran a fundirse en uno, que dos luces se fundieran en una, aunque fuera por unos días. Y que su brillo quedara para siempre desplegado en aquella tierra y en aquel cielo.

Terminada la cena se reunieron todos los participantes a lo largo de la escalera metálica que había a la derecha conforme se salía por la puerta del comedor. Tenía una baranda en la que algunos se apoyaron, otros optaron por sentarse en los distintos escalones que la conformaban. Al fondo a la derecha, se podía leer –*Albergue Igerain Aterpetxea*- algunos fumaban, otros hablaban, se estaban conociendo poco a poco. De nuevo apareció en escena ese extraño personaje que tanto había inquietado a Juan a la hora de la comida. Se acercó a ellos y les pidió tabaco.

-- "¿Tenéis un cigarro?"

-- "¿Ehh...?" -respondieron algunos-

-- "¡Un cigarro! ¡qué si tenéis un cigarro!"

-- "¡Sí hombre! ¡Tenga!" –dijo soufian dándoselo-

-- "¡Gracias!" –les respondió alejándose-

-- "De nada".

A partir de ese instante, todos se preguntaron quien sería aquella persona tan "rara" que aparecería siempre a las horas del desayuno, almuerzo y cena, para luego desaparecer sin saber, nadie, dónde iba o qué hacía. De pronto, en el interior del grupo, surgió una propuesta.

-- "¿Y por qué no damos una vuelta por la playa hoy por la noche?" -preguntó Miguel Ángel de forma general a todo el grupo-

Era un chico de unos treinta y pocos años de edad que procedía de una asociación juvenil de Asturias. Tenía un pelo largo y recogido en coleta, cara redonda con barba y bigote. Una personalidad a la defensiva que no permitía entrar en su interior. Intentaba ofrecer una forma de ser un poco arrogante, con mucha seguridad. Tenía respuesta para todo, pero en el fondo mostraba una gran inseguridad. Además, ocultaba su lado más sensible por miedo a sufrir. Era el típico pasota que estaba en contra de la política y de la sociedad. Se había hecho muy amigo, desde el primer momento de Soufian.

Éste, era mucho más extrovertido, e interesante, pero más astuto y desconcertante. Era algo normal dado su papel inmigrante y su conocimiento acerca de la actitud de los españoles ante los extranjeros. Después de los atentados en las estaciones de Madrid, los recelos habían crecido entre los ciudadanos ante estas personas.

-- "¡Pues no es mala idea!" -respondió la mayoría-

Para otros, como las chicas de Málaga, el viaje había sido muy largo y estaban muy cansadas. Así que decidieron irse a sus habitaciones. Al final, fueron solo diez los atrevidos que se marchan a dar una vuelta por el paseo marítimo de Zarauts. La noche oscura y estrellada ofrecía un espectáculo sin igual, acompasada por el sonido del mar. Ante todos ellos se abría un nuevo escenario, tranquilo, sereno, que favorecía el diálogo y la reflexión. Existían muchas inquietudes, preguntas e interrogantes, ganas de desconectar, por parte de todos, de las rutinas diarias. Compraron unas litronas y se sentaron en unas escaleras que estaban esparcidas por todo el paseo marítimo. Sorbo a sorbo, comenzaba una charla entre el humo del algún cigarro. Pertenecían a casi todos los estamentos: funcionarios, miembros y voluntarios de asociaciones benéficas y algún que otro en aprendizaje formativo de madurez. La ansiedad, el cansancio, las ganas de comenzar, se apoderaban de la totalidad que, sentados en aquellas escalinatas, conversaban. Se palpaba en el ambiente una gran tranquilidad y serenidad. Igual que la del mar. Que les acompañaba en esa su primera noche en el norte.

Había cierta magia en todo lo que le estaba sucediendo a Juan ese día. Se sentía muy bien. Notaba como su reloj interno se había detenido. Se encontraba anclado en una especie de antesala, en espera de una noticia. Veía, observaba, y analizaba cómo el tiempo se detenía, pero realmente corría inexplicablemente. Los compañeros de esta aventura le traían recuerdos de tantos otros que ya había conocido anteriormente. Esta observación le hacía intuir cómo era cada uno en su proceder. Algunos escondían miedos, reafirmando su seguridad con su forma de actuar, hablar y relacionarse. Otros mostraban esa ingenuidad propia de alguien que comienza. Que inocentemente se muestra a pecho descubierto, sin armadura, sin saber que está pagando parte de ese peaje que todos abonamos a lo largo de nuestra vida. Ese aprendizaje, que nos lleva a ser más maduros y que en este tipo de encuentros, nos hace mostrarnos tal como somos. Otros ingenuos se dejan llevar por la estela de aquellos que muestran una seguridad absoluta, en los que creen encontrar la seguridad de grupo que les haga invulnerables. Pero el tiempo y sobre todo las circunstancias, los convierten en seres tan transparentes que los dejan despojados de toda indumentaria frente al resto, que los observa como en el cuento: El monarca, que dejándose llevar por su prepotencia fue engañado por un simple sastre, que lo presentó ante su pueblo en su desnudez más absoluta.

Al cabo de una hora aproximadamente decidieron regresar. Volver sobre sus pasos hasta el albergue. Al poco de comenzar el día, se iniciaba una retirada antes de ir al encuentro de una gran experiencia en sus vidas. Juan tenía una sensación de no haber aprovechado realmente el tiempo. Conforme se alejaban, volvió su mirada al mar y suspiró. Tenía una sensación de atracción por él desde hacía mucho tiempo. La noche, el cielo, el mar, el contacto con la arena, el brillo de la llama de una vela, así como el silencio, eran sensaciones y situaciones que le hacían encontrar su lado más místico.

El regreso y la posterior entrada a la habitación antes de conciliar el sueño supusieron una autentica reflexión de todo lo vivido hasta ese momento.

Mientras observaba por los grandes ventanales que había en su habitación pensaba en la oportunidad que se les brindaba a todos de conocer la gran variedad de formas de ser, de vivir, de expresar y sobre todo, de entender esa realidad que cada día uno ve y concibe. Pero ¿qué realidad es la que Juan veía que le hacía no encontrar su lugar en este mundo?, ¿Por qué no terminaba de encajar y de comprender ciertos aspectos de las relaciones con sus semejantes?, ¿Por qué su realidad le hacía sufrir tanto?

Demasiadas incógnitas para luchar en una noche estrellada de septiembre en la que el sueño hacía acto de presencia y en el que las sensaciones de cambio le recorrían de arriba abajo. Una nueva experiencia estaba a punto de comenzar en su aprendizaje vital que le enseñaría a avanzar o tal vez lo destruiría. Pero ¿tan fuerte era esa impresión? ¿Tanto cambiaría su vida en un simple seminario de juventud?

4. Martes. El encuentro.

Por delante toda una semana repleta de aventuras, que seguramente merecería la pena vivir junto a sus compañeros. El despertar fue tempranero. La alarma de su móvil se encargaba de ello. Eran las siete de la mañana, sus ojos se abrían en la habitación en la que anoche se cernían mil y una cuestiones en su mente, mientras sus compañeros dormían dulcemente en sus camas acariciando, posiblemente, grandes sueños. Se tomó quince minutos más de descanso y se levantó con rapidez a descubrir el nuevo entorno. Un paseo matinal lo introduciría por los recovecos de un Zarauts que despertaba poco a poco y que estaba dejando una huella insoslayable en el espíritu de Juan.

Pero hoy, el día era especial. Había quedado la noche anterior con Helena. Así que se dispuso ligero a salir de la habitación. Tras atravesar el pasillo de unos 30 m entre sus habitaciones se detuvo delante de la de ella y llamó varias veces. No notó ningún sonido, agarró la manivela y la empujó lentamente hacia abajo. En ese momento, apareció delante de él una joven vestida y recogiendo algo de su maleta suavemente, le dijo:

-- "Ya salgo"

-- "¡Vale! te espero aquí fuera". —Le dijo él un poco aturdido-

Salieron los dos del albergue, muy poco habladores al principio. Bajaron hacia el pueblo con paso tranquilo y comenzaron su charla sobre multitud de cosas. El día era propicio para moverse por la playa. Una agradable brisa marina, un olor a mar, envolvía todo el ambiente. Las gentes pasaban a su alrededor mientras ellos no dejaban de hablar. Las olas, su sonido, y el espumoso color blanco que hacen al romper sobre la fina arena, favorecían el entendimiento entre ambos.

Cada uno respetaba su espacio vital, se sentían muy a gusto con la compañía que se daban el uno al otro. Al final del paseo marítimo, acordaron ir al restaurante del afamado cocinero televisivo Arguiñano. Entraron dentro para desayunar. Al principio, el desconcierto se apoderó de ellos. No sabían muy bien, si encajarían en un lugar tan distinguido y tan renombrado. Al rato, comprobaron que las ideas preconcebidas, que nos hacemos de las cosas y de las personas nada tienen que ver con lo que se muestra en la realidad. El edificio que albergaba este establecimiento se erguía al final de un largo paseo marítimo. Una gran terraza que servía de vigía al mar lo distinguía en el horizonte. La portada de la fachada era muy estilizada y adornada, en la parte norte. Una más informal, que fue por donde ellos entraron, en la zona sur. Al entrar, vieron a lo lejos a ese famoso cocinero que aparecía desde el fondo de un comedor. Sus miradas se mostraron recatadas, no se alteraron al verlo. Se mantuvieron de pie en la barra y estuvieron pensando que pedir. Al final, ella pidió una infusión y él un café con leche con un dulce. Se giraron y se sentaron en una mesa que estaba pegada a una cristalera. Desde allí, se podía ver la gran terraza, al fondo, un espléndido paisaje que se les ofrecía a los dos. Un mar espléndido, en calma, un azul de cielo inmejorable.

Charlaron durante un buen rato sentados en aquel lugar tan tranquilo. Ambos se interrogaron, aunque ella fue más indagadora. Comenzaron con pequeñas preguntas y reflexiones sobre el seminario, así como por los motivos que lo habían hecho acudir a él a este encuentro. En un momento determinado de la conversación, ella entró a fondo en cuestiones más personales, como: ¿De dónde era?, ¿Qué estudios tenía?, ¿A qué se dedicaba? siempre con esa sutileza y sencillez que saben usar las mujeres para persuadir a cualquier hombre que tienen delante de ellas. Él, por el contrario, hizo preguntas a contracorriente de las que ella iba efectuando, como por ejemplo: ¿Cuál era su profesión?, ¿En qué trabajaba? Pasado un rato, decidieron levantarse y volver al albergue. El tiempo corría inexorablemente y podían llegar tarde al comienzo de las actividades. Retrocedieron sobre sus pasos. Con el mar, a su derecha, recibían su brisa a modo de saludo y bendición. El sonido de aquellas olas que intentaban llegar hacia ellos, sus andares tranquilos, el transitar de la gente, les hacían reflexionar y disfrutar del momento. Hablaban de lo bonito que era todo aquello y del buen tiempo que les estaba haciendo desde que llegaron a tierras del norte.

El tiempo apremiaba pero todavía tenían unos minutos para contemplar el magnífico paisaje. Esta vez se trataba de un bloque de hierro que simulaba la forma de una ola que se erguía frente al horizonte. Un poco más adelante, comprobaron como la marea hacía retroceder al inmenso y poderoso mar hacia adentro. Los operarios, aprovechando la situación, se encontraban disponiendo los pequeños tenderetes de tela. Estos quioscos, se alquilaban a los bañistas para cambiarse y guardar sus enseres mientras disfrutaban del mar. Junto a ellos, colocaban unos bancos verdes de madera para que se pudieran sentar. Mientras, las aguas dejaban ver toda una gran extensión de arena. Era una invitación a adentrarse en él. Aunque, llegado el atardecer volvería a reclamar lo que era suyo. Juan decidió echar una foto para inmortalizar ese instante. Notó que su sombra se hacía larga y fina como el monumento a la ola que habían contemplado hacía unos momentos. Comenzaba el día, el sol se abría paso en el gran escenario del horizonte que abría el telón para dejar ver su precioso decorado. La foto inmortalizaba una nueva perspectiva de un nuevo rumbo. Un navegar sobre aguas tranquilas aunque, al final se encontrarían con cierto oleaje que todavía no habían intuido pero que llegaría finalmente.

El paseo matinal era perfecto. Buena temperatura, mejor compañía y una agradable conversación mantenida entre ambos hacía recordar en Juan los sones de una canción:

> *"Mirando al mar, recuerdo*
> *el día en que te conocí.*
> *Quería tu sonrisa para mí.*
> *Quedaba, todavía, tanto*
> *por vivir. Mirando al mar…*

-- "Te veo feliz" -Dijo Helena-

-- "La verdad es que sí. Hace un buen día y todo es perfecto". —Respondió realizando otra fotografía-

A su vuelta entraron en el comedor que se encontraba ocupado por muchos de sus compañeros.

Era curioso ver a ese extraño señor que en el día de ayer le preguntó la hora y le pidió un cigarrillo a Miguel Ángel en la cena. Ocupaba una mesa solo, cuando terminó salió fuera, se sentó en un banco durante un rato y más tarde desapareció. Era algo que desconcertaba a gran parte del grupo. Daba qué pensar. ¿Quién era ese misterioso hombre?, ¿Qué hacía allí todos los días? Nadie sabía dar una respuesta ni los mismos organizadores. —No tenemos ni idea de quien puede ser. Además, no lo conocemos de nada- comentaban.

Lo que vino después del desayuno se desarrolló en el patio de la entrada del albergue, concretamente en el aparcamiento. Los convocaron a todos e hicieron dos grupos, colocaron una manta en mitad de ellos iban a realizar un juego de presentaciones. Al bajar el trapo tenían que decir el nombre del que aparecía delante de ellos. El más rápido en reaccionar y decir el nombre del otro hacía que la persona pasase a engrosar el número de participantes de su grupo. Todo estaba dispuesto, los nervios reinaban en la mayor parte de los participantes. Se levantó la manta hacia arriba, agarrada por Ainhoa y Dani. Los grupos se habían formado de forma espontánea. Esto hizo reflexionar a Juan sobre la hipótesis de si se habrían hecho los grupos de forma natural o por motivos visuales de afinidades físicas. Era una hipótesis no contrastada, pero que venía a darle pistas de sus observaciones en otros seminarios en los que las circunstancias o las atracciones: químicas, sensoriales, metafísicas o como quiera que fueran, les hacían estar más cerca unos de otros, al hablar, comer, realizar actividades, etc. Aunque eso no tenía nada de científico ni de mensurable.

Hasta ese momento, Juan no se dio cuenta pero a izquierda se colocó Helena. Sentada en el suelo, lucía pantalón vaquero, camisa blanca y una fina rebeca negra junto a un pañuelo verde que le adornaba su cuello y que le daba un tono característico frente al resto. No se dirigieron palabra, ni gestos, no se creó ninguna situación que los pusiera en contacto paralelo y situacional. Se limitaban a sonreír, viendo a sus compañeros como participaban en la dinámica que les habían preparado los organizadores. Detrás de ellos dos, agachado, se había puesto Alberto, el compañero con el que llegó el primer día a Zarauts. A la derecha, se encontraba Soufian, Miguel Ángel, Lola, Noelia, Jorge, y otros más. La manta bajó y los primeros en entrar en acción fueron Niko y María del Pilar. Todos estaban expectantes ante lo que ocurriría, cuando de repente, los dos, dijeron un nombre:

-- "¡Pilar!" –Dijo Niko-

-- "¡Alberto!" –Comentó al unísono ella-

Todos sonrieron, ya que ninguno de los dos había acertado. Se reanudó el juego. Al rato de estar viendo como unos y otros seguían disfrutando de aquella actividad, Juan se fijó en que el extraño y obeso señor se encontraba sentado en un banco que observaba lo que hacían sus compañeros. Se encontraba fumando un cigarro, mientras no dejaba de dirigir su mirada al suelo y a la escena que se estaba produciendo en el aparcamiento. Al momento, se añadieron más personas al espectáculo visual. Había una señora que los miraba e incluso esbozó un gesto de alegría al verlos.

El acontecimiento seguía, los siguientes fueron Soufian, por el grupo de Juan y Julia por el otro. El resultado fue igual de divertido. Al final fue Julia la que adivinó antes el nombre.

-- "¡Soufian!" –Dijo Julia nada más caer al suelo la manta, sin dar más tiempo al chico a responder-

De pronto se volvió a colocar la manta frente al grupo de Juan. Tras ella, el otro grupo se preparaba y Ainhoa se dispuso a realizar una fotografía sorpresa cuando cayera el trapo que se interponía en medio de los dos grupos. Al bajar, todos se sorprendieron al ver la cara de Niko rugiendo como un león, ese gesto quedó inmortalizado en esa instantánea.

Pasaron un buen rato hasta que la mayoría de participantes colaboraron en el activador matutino. Una vez que terminaron la primera actividad de la mañana e hicieron que las neuronas se pusieran a funcionar, entraron dentro de la sala del albergue para continuar con el programa del día. Jorge y sus colaboradores, explicaron que comenzarían a plantar las semillas de lo que florecería, recogerían, teñirían y confeccionarían el último día. Se iban a convertir en agricultores imaginarios por una semana. Plantarían las semillas que verían crecer como algodón, con el que harían fino hilo, que sería teñido y confeccionado para llevar en el interior de sus almas durante toda la vida. Frente a la pared encontraron unas cartulinas en las que aparecían unas macetas pintadas. Les repartieron unos folios de colores, y les explicaron que debían de escribir los objetivos que esperaban alcanzar durante toda esta semana de convivencia y trabajo. Así lo hicieron, todos buscaban un rinconcito donde poder escribir. Unos escribían en el suelo, como era el caso de Carolina, compañera de Helena. Otros, se sentaban en lo alto de alguna mesa o en alguna silla y reflexionaban, como Anna, una joven voluntaria europea que se encontraba participando en el seminario y que por la tarde daría una charla sobre los intercambios juveniles. Lo mismo hacía Helena, que sentada en el suelo, observaba los distintos objetivos a enmarcar dentro de ellas.

Llegó la hora de colocar los pliegos sobre la pared donde se encontraba ubicadas unos grandes macetones de cartón. Todos se acercaban para disponer las suyas. En un momento dado, Juan y Helena se volvieron a encontrar. Ella pegaba unos folios y él se acercó por detrás. Sin rozarla, puso el suyo sin reparar mucho en ella.

-- "¡Perdona!"

-- "¡No pasa nada, no te preocupes!" -contestó ella-

Cuando terminaron todos miraron y leyeron lo que habían puesto. Fue un primer momento en el que la mayoría comenzaron a descubrirse, a mirarse, a hacerse presentes de una manera más visible y real. Se observaban, se establecían primeras impresiones los unos de los otros. En el otro extremo de la pared, quedaban los dibujos que se hicieron el otro día. También, aprovecharon para anotar en el papel su estado de ánimo, tal y como les indicaron en la presentación del otro día. Algo nuevo que les comentaron a los participantes fue que se dejaba en la sala un diario en el que se podía escribir todo aquello que consideraran que fuera interesante, que los definiera a todos en conjunto. Comenzaba una mañana en la que acababan de sembrar las semillas de su propio autoconocimiento como personas individuales y grupales, que comenzaba su andadura, que tanto daría de sí por la cantidad de sentimientos, emociones e interrelaciones que se darían entre todos ellos. Terminado esto, los llevaron a la zona de abajo del albergue donde siguieron con las dinámicas. Los situaron en la rampa que daba acceso a la zona forestal y, formando un óvalo, Jorge les aportó las pistas sobre la siguiente actividad que realizarían. Juan se había colocado al fondo, en la bajada del pasillo, a su derecha se encontraba Clara y a su izquierda Niko, por último se les unió Helena.

Todos atendían a Jorge. Fueron colocados en varias filas indias, sin darse cuenta, quedaron Juan y Helena, uno detrás del otro. Les hicieron girar, ahora quedaron justo de lado. Pasaron unos pañuelos negros y taparon sus ojos para que no pudieran ver nada de lo que iba a suceder. Todos sonreían con una sonrisa nerviosa al no saber qué iba a ocurrir, era inconsciente, ante algo que no controlas y que te provoca risa. El trabajo de Jorge y Anna era colocar pegatinas en forma de círculos de color (rojos, amarillos, azules y verdes) a cada uno de los participantes. También habían rociado una determinada esencia olorosa a los de cada color. Después, les habían pedido que se mezclaran entre ellos e intentaran buscar y reconocerse. Las situaciones eran cómicas, algunas como Helena se desligaban del grupo y se desplazaban hacia la barandilla de la rampa, el resto se tocaban de forma suave para identificarse. Más tarde, les pidieron que se quitaran el pañuelo y acercaran sus narices a sus cuellos para identificar el olor de colonia que los relacionaba como grupo. Helena quedó un poco despeinada. Por su parte Juan se subió el trapo a la frente. Volvían las situaciones cómicas, esas caras de desconcierto de no saber realmente a qué olían los demás, a no encontrar el mismo perfume que llevaban impresos en sus camisetas, un gran desbarajuste. En ese mismo instante Jorge, subido en lo alto de una barra de la barandilla, les indicó que formaran grupos según el perfume que tenían.

-- ¡Escuchen! Vamos a organizarnos de acuerdo al olor que consideramos que cada uno tiene. Así que por favor, huélanse e intenten agruparse por olores. ¡Muchas gracias!

Ante el gran desconcierto creado, volvió a pedir que se guiaran por la pegatina que tenían detrás de la camiseta y que les daría claramente la idea de aquel grupo al que pertenecían.

Una vez reordenados, les rogaron que se repartieran por el interior del albergue para diseñar y elaborar una imagen en forma de colage con recortes de revistas. Tenían que conformar una enseña grupal que, a su vez, llevaría un nombre que los identificara como equipo. Se les entregó el material necesario: lápices, tijeras, pegamento en barra, cartulinas con los que comenzaron a trabajar. Todo ello, significaba componer un puzle de ellos mismos, que debían explicar más tarde ante los demás. Era una forma de expresar cómo eran mediante fotografías que reflejaran su visión interior e inconsciente de su forma de ser, de pensar y de sentir. En definitiva, era una terapia psicológica para darse a conocer a los demás.

La mañana estaba resultando movida, un sinfín de actividades hacían que se fueran conociendo poco a poco los participantes. Las interrelaciones eran cada vez mayores, ya no hablaban de pasarse las tijeras o el pegamento, sino que se preguntaban de dónde eran, qué habían estudiado, sus aficiones. De hecho era esto lo que pretendían los organizadores. El grupo de Juan estaba formado por Carolina, Niko, Julia, Sofía y Jesús. Su punto de encuentro fue el recibidor principal del albergue. Entre los sofás y las mesas se dispusieron a elaborar su mural. Juan y Carolina se sentaron juntos. Todos iban ojeando revistas y periódicos de donde recortar frases, palabras y una multitud de elementos que darían identidad al grupo y a cada uno de ellos. Lo que estaban realizando iba a suponer una apertura al interior de lo que, según Juan escondemos y no solemos enseñar con facilidad. Era un ejercicio de autoconocimiento individual y social frente a los otros.

-- "¿Sabéis a qué nos arriesgamos con esto no?" —Les dijo Juan de forma irónica-

-- "¿A qué?" -Contestaron-

-- "Pues a entresacar cosas escondidas de nuestro interior, a reflejar parte de nuestra historia de vida, a señalar lo que somos, lo que sentimos, lo que expresamos. ¡Os parece poco!"

Este comentario produjo un silencio. Inmediatamente después, todos continuaron realizando su tarea. Al poco tiempo Juan comenzó una conversación con la chica que estaba sentada a su izquierda, Carolina.

-- "Tú eres de Málaga, ¿no?" -Le comentó Juan-

-- "¡Vaya! del mismo Málaga. Y tú de Córdoba ¿verdad?"

-- "¡Efectivamente!"

-- "Sois tres malagueñas las que habéis venido"

-- "¡Helena, Izaskun y yo! ¿Por qué?"

-- "No, por nada. Me llamó la atención el primer día por la tarde cuando os incorporasteis al grupo. ¡Izaskun! ¡Que nombre malagueño más raro!"

-- "Es que… es hija de padre andaluz y madre vasca".

-- "¡Tu ves! Ya decía yo que no era muy andaluz". – Seguía recortando mientras la conversación fluía-

-- "Y la otra compañera ¿me dijiste que se llamaba?"

-- "Helena"

-- "¿Por qué lo preguntas? ¿Es que te ha llamado la atención?" - Le insinuó Carolina-

-- "¡No! simple curiosidad, nada más que curiosidad". – Comentó Juan, un poco nervioso-

Siguieron montando el mural. Pasado un buen rato, una vez terminado el mapa conceptual de todos, decidieron ponerle nombre al grupo. No tenían claro cual sería, hasta que Juan les dijo que él si tenía un nombre.

-- "¿Y qué nombre es ese?" –Estaban todos intrigados-

-- "¡ARACATACA!"

-- "¿Cómo?" –Le dijeron los demás-

-- "¡A R A C A T A C A!" -deletreó-

-- "¿Y ese nombre que significa?"

-- "Es el de la ciudad natal del escritor colombiano Gabriel García Márquez"

-- "¡Ah…!" -Repitieron los demás desconcertados-

-- "¡A mí me parece bien!" -el resto asumieron pronto esa imposición espontánea que había hecho Juan y que le había situado como portavoz del grupo, dada su iniciativa-

Pasado el tiempo de confeccionar el cartel, se les invitó a todos los equipos a que pasaran a la sala de trabajo para que fueran uno a uno saliendo y explicando el trabajo realizado, así como que explicaran de forma individual el porqué de sus dibujos, recortes, etc. Había un líder de grupo que daba entrada a todo un ritual que llevaba aparejado un baile, estribillo, o grito de guerra que los identificaba como conjunto. Ante este olvido, el grupo de Juan, improvisó uno que el mismo Juan había oído y experimentado en sus intercambios por tierras belgas. Se trataba de agruparse en torno a un círculo con el puño de la mano derecha cerrada y a modo de dar un martillazo en el aire, decían después del líder lo siguiente:

-- "¡ARACATACA!" -Dijo Juan-

-- "¡Kaboum!" —Repetían, inmediatamente después, los otros-

-- "¡ARACATACA!" -Dijo por segunda vez Juan-

-- "¡Kaboum!"

-- "¡ARACATACA!" -por tercera y última vez-

-- "¡Kaboum, boum, boum!" -Repitieron de forma estruendosa los demás, mientras movían sus brazos con ímpetu-

El resto de participantes quedaron conformados por "Los Pollos de Donostia", en los que se encontraban Helena, Miguel, Maite, Ilze, entre otros. El "Arca Roja de Noelia", formada por Noelia, Dani, Alberto, etc., y "Los Verdosos" que estaban integrados por Soufian, Lola, Izaskum y otros. Cada grupo iba provisto de su camiseta identificativa, los azules para los Aracataca, los rojos para el Arca Roja y los verdes para los Verdosos. Todos fueron llamados, al cabo de un rato, para que pasaran dentro de la habitación donde se desarrollaban las actividades. Ya habían pegado sus frases y fotografías identificativas en las cartulinas, a continuación escucharían las explicaciones de la dinámica a Jorge.

-- "¡Escuchen! Vamos a iniciar la parte final de las actividades de la mañana luego haremos tiempo para almorzar y por la tarde continuaremos con los talleres. ¡En primer lugar! Vamos a dar paso a la presentación de los grupos y sus murales. ¿Hay alguno que se ofrezca voluntario para empezar?" –Vociferó mirando a todos los presentes-

-- "¡Nosotros, nosotros!" –Dijo el equipo rojo-

-- "¡Pues venga! Que comiencen ellos."

Comenzaron explicando cada uno su representación en imágenes, de lo que creían ser, sentir y esperar. Se dispusieron en hilera, mirando a los demás de frente y bajo el cartel de -Plantando la Semilla- Fue Noelia la primera que comenzó su alocución, después le siguió Alberto, y así hasta terminar todos los demás. En su mural reflejaban aspectos de la vida que servían para explicar sus formas de ser. Frases como –Todo se ve negro, ¿o No?- ; -Exigencia-; -Preocupación-; -Perfeccionismo-; Mal humor-; -Comerse la cabeza-, se mezclaban junto a imágenes que reflejaban esas palabras. Mientras, el resto de los grupos observaban callados y con gran interés lo que decían sus compañeros. Al terminar, se llevaron una gran ovación por parte de los otros tres grupos que los habían estado escuchando.

Los siguientes en participar fueron -Aracataca-. Desplegaron su cartulina, sostenida por Carolina y Julia y fueron explicando, uno a uno, sus realidades: las aventuras, la amistad, las fantasías y un largo etcétera, resumiría lo que ellos consideraban más importante en sus vidas. Los dos siguientes eran los −Verdosos-, seguidos de los -Pollos de Donosti-. En estos últimos se encontraba Helena. Antes de pasar a almorzar, se llevó a cabo la foto de grupo. Quedó así inmortalizada esta gran aventura. Todos, con sus mejores sonrisas y las camisetas de sus respectivos grupos, adoptaron la mejor de las posiciones para ser fotografiados por el objetivo de la cámara. Llegada la hora del almuerzo, muchos subieron a asearse un poco a las habitaciones, recoger el ticket necesario para entregarlo en la cocina. Otros permanecieron en el exterior del albergue. En esa espera, llegó el misterioso hombre en chanclas, fumando un pitillo. Se sentó en el banco que había a la entrada y mirando a un lado y a otro, preguntó la hora a Juan.

-- "¿Tienes hora?"

-- "¡Sí! Las dos menos cinco".

-- "¡Gracias!"

Juan volvió a quedar desconcertado con aquel personaje. Lo comentó con Miguel y Soufian, que se encontraban juntos, esperando a entrar para almorzar.

-- "Es extraña esta persona"

-- "Un poco sí". -Le respondió Miguel-

-- "¿Duerme aquí o es de la localidad?" -Añadió Soufian-

Y todo quedó en eso en unos interrogantes, ya que en ese momento abrieron el comedor. Una mañana larga e intensa en la que el apetito se había desatado en forma de oquedad en sus estómagos. Juan estaba intrigado especialmente en aquel misterioso hombre que aparecía cuando llegaba la hora de apertura del comedor. Este extraño personaje solía estar, en los mismos lugares. En el patio fumando o cerca a la sala comedor del albergue. Así, que se propuso intentar seguirlo después de la comida para ver a donde se dirigía ¿Vendrá de alguna vivienda aledaña al albergue? O tal vez ¿Vivirá aquí en el mismo edificio? El caso es que cuando estaba almorzando al lado de sus compañeros pudo ver como se levantaba este señor y abandonaba el lugar. En ese mismo instante, dejó la conversación que mantenía con Alberto y Jesús para levantarse de la mesa y seguirlo.

-- "¡Pues sí, como te comentaba...!" Juan se levantó, apresuradamente, dejándoles con la frase a medio terminar-

-- "¡Oye!, ¿Pero a dónde vas tan deprisa?" —dijo Jesús, sorprendido-

-- "¡Hay que ver con este tío! Se ha dejado hasta los platos en lo alto de la mesa". -Le comentaba Alberto a Jesús-

No le dio tiempo a salir por la puerta del comedor, lo había perdido de vista. Se acercó al lado del ascensor, que en ese momento había cerrado sus puertas. Creyó que subía hacia arriba, así que tomó las escaleras y fue subiendo planta por planta pero nada. Pensó que lo encontraría en la tercera, pero tampoco. Solo era un joven que estaba alojado allí. Bajó las escaleras sin creerse que lo había perdido. ¿Si he salido detrás de él casi al mismo tiempo? ¿Cómo que lo he perdido de vista? Volvió sobre sus pasos al comedor para terminar su comida y recoger sus platos. Pero para cuando volvió se encontró con el comedor cerrado.

-- "¡Buenas tardes! Vamos a reanudar las actividades. Pero antes os adelanto que hay una pequeña sorpresa".

–Les dijo Jorge con misterio-

--¿Otra?

--¿No se tratará de coger otra piedra? ¿No? -Decían algunos con cierto cachondeo-

--¡No! –Les dijo Jorge con una sonrisa- Se trata del juego del amigo invisible.

--¡Ah! Bueno. ¡Qué divertido!

Sacando una caja, en la que estaban todos los nombres de los participantes, fue pasando uno por uno para que cogieran un papelito. Las ganas y la ansiedad les hacían temblar a algunos, que se frotaban las manos por saber a quién tendrían que agradar durante su estancia allí. Para Juan fue una sorpresa y un aliciente descubrir que su amigo invisible era Carolina. Notaba y sentía que le había tocado una persona muy sensible, tierna y romántica a la que seguro le gustaría ser sorprendida, agasajada por continuos regalos y situaciones que comenzaban a aparecer en la mente de Juan. Si algo había de bueno en Juan era su forma de agradar a las personas, su sensibilidad a la hora de saber entenderlas. Por tanto, era evidente que sorprendería a su amigo invisible en estos días.

Un gran revuelo se comenzó a originar nada más saber todos quienes eran a los que tenían que cuidar con mucho mimo durante estos días de estancia en

Zarauts. Las miradas de los participantes no terminaban de encontrarse y las cábalas daban paso a un juego muy peculiar.

-- "¡Bueno! ¡Bueno! ¡Ya está! Cada uno que sepa cuándo y cómo debe actuar. Ahora vamos a proseguir con la actividad de la tarde". –Comentó Jorge inmediatamente interrumpiendo el revuelo-

Les anunció que dejaba un cuaderno en la mesa lateral de la habitación. Era un diario, en el que se podía escribir aquello que nos resultara más significativo. La ponente de la tare, Anna, una chica del norte de Europa que se encontraba de voluntaria en una asociación, iba a explicar el funcionamiento de los intercambios juveniles. Todo estaba dispuesto en la sala para empezar. Los participantes fueron ocupando sus asientos alrededor de ella. Lo primero que hizo fue presentarse, comentar los contenidos y objetivos que pretendía alcanzar hoy en el taller.

Una cantidad de sorpresas iban sucediéndose a medida que iban pasando las horas y los días. Y aún quedarían unas pocas más. Todo era una gran secuencia de sucesivas experiencias que suponía a los participantes estar continuamente haciendo, pensando, o realizando cosas. ¿Pero serviría realmente para que se conocieran entre ellos?, ¿No resultaría muy estresante tanta actividad? El tiempo lo diría. Anna, la docente de la tarde, sorprendió a todos colocando un barreño en el centro del grupo y situando unas jarras de agua alrededor. Todos se preguntaban qué extraña forma de explicar los intercambios. Entonces comenzó a explicar que, en primer lugar, quería saber que elementos importantes se tenían que tener en cuenta a la hora de programar un intercambio. Solicitó a todo aquel que así lo quisiera, que se fuera levantando y derramara un poco de agua dentro del cubo a modo de aportación a lo que iba a explicar. En este instante era cuando todos entendían el porqué de las jarras de agua y el cubo. -Una forma muy pedagógica de comenzar- se decía Juan. Mientras algunos se decidían a ir aportando sus ideas arrojando un poco de agua. Al cabo de un rato propuso otra actividad. Consistía en ordenar unos folios, en los que aparecían escritos los pasos a llevar a cabo en este tipo de actividades. Se debían de ordenar según el criterio de cada equipo. Esas acciones eran entre otras: búsqueda de socios participantes, el tema del proyecto, la justificación, cronograma de actividades, rellenar el cuestionario, presentación de la solicitud. Cada grupo realizó su propuesta y al final se comentó la correcta, según la ponente.

Ésta era una acción muy atrayente ya que permitía que uno o varios grupos de jóvenes de entre 13 y 25 años acogieran o fueran acogidos por un grupo de otro país para realizar un programa de actividades en común. Para realizarlo, estos grupos de jóvenes debían de preparar conjuntamente las actividades y elaborar un proyecto. En el caso de que se les aprobara, la Comisión Europea lo cofinanciaría. Podían realizarlo de forma bilateral, de modo que participarían grupos de jóvenes de dos países. También estaban los trilaterales, en los que podían participar grupos de jóvenes de tres naciones y los multilaterales, organizados por grupos de jóvenes de cuatro o más países. Por último los intercambios itinerantes (bilaterales, trilaterales o multilaterales), que tienen lugar en dos o más estados promotores, aunque esta actividad no puede realizarse en un país asociado del Mediterráneo. Es una forma muy atractiva de que los jóvenes, los que conformarán el futuro de la unión europea, conozcan a otros europeos, otras lenguas y otras culturas. -Hay que ir haciendo unión- consideraba Juan. Él ya había compartido esta suerte como muchos de los presentes, sabía que la realización de un buen proyecto, así como la búsqueda de socios era fundamental para que todo funcionara bien. Al final Anna habló de la importancia que tiene la obtención del Youthpass para los que participan en este tipo de experiencias. Este instrumento, se iba a convertir en algo importante para ver la adquisición de habilidades. Se trataba de un certificado que reconocía, validaba la participación y el aprendizaje de los jóvenes en el marco de las acciones del programa juventud en acción.

"Los objetivos serán mejorar el acceso al mercado laboral de este colectivo, y las capacidades de los trabajadores del ámbito de juventud. Además servirá para hacer una reflexión acerca del proceso personal de aprendizaje no formal e informal de las competencias adquiridas durante el proyecto. Tendrá un reconocimiento social del trabajo en el ámbito de juventud". En definitiva, era algo muy importante para el colectivo con el que trabajaban todos los participantes en este encuentro. Una vez terminó la jornada de la tarde, Anna les dio las gracias por su atención y abandonaron la sala para ir preparándose para la cena multicultural que tendría lugar esa misma noche. Pero antes, como todos los días, los líderes de grupo se tenían que reunir para evaluar el funcionamiento de las actividades de toda la jornada. Se congregaron en la bajada hacia la zona de detrás del albergue. Noelia, Juan, María del Pilar, la otra Noelia y Maite como encargada de la organización. Al cabo de unos quince minutos, una vez terminada la evaluación, Juan se dirigió hacia la cocina para pedirles un favor a las cocineras. Por la mañana, había comprado unos tomates para hacer un salmorejo del que disfrutarían como algo típico de Córdoba en la cena de la noche. Aunque pusieron algunas reticencias, por aquello de la manipulación de alimentos, al final le permitieron la elaboración de este plato con el que pudiera representar a su tierra. Una vez preparado y conservado en la nevera, subió hacia la habitación para asearse y prepararse para la fiesta de esa noche.

Todos recogieron los productos típicos de sus lugares de procedencia, así como documentación de los centros de trabajo o asociaciones en los que estaban llevando a cabo acciones juveniles. Anduvieron hasta el centro de la localidad, guiados por Ainhoa, una joven muy simpática. Llegaron a un pequeño recinto deportivo donde se jugaba a la pelota vasca. En el centro, había unas mesas alargadas para que pudieran colocar los productos gastronómicos que traían y en las que podrían degustarlos. Junto a la pared colocaron los folletos publicitarios e informativos. Se colocaron de tal forma que pudieran ir circulando por las mesas y por los stands que habían colocado entre todos ellos. Había de todo un poco, salado y dulce. Todo estaba dispuesto para un gran festín con productos típicos de muchos lugares distantes de la península. Desde embutidos, quesos, dulces, vino, hasta el salmorejo cordobés, que hizo que se pudiera disfrutar de una cena en frío de lo más variada. Una foto, desde lo alto de la última planta del edificio marcó el final de otra noche que fue maravillosa para todos los que se encontraban allí. Recogiendo lo que había sobrado, salieron de aquel lugar para dirigirse a caminar por las calles de un Zarauts poco transitado, que no animaba mucho a organizar ninguna fiesta. Terminaron en el albergue yéndose a dormir unos, otros apurando las horas fumándose algún cigarro y alguna litrona con la que suavizar todo el ajetreo del día.

Había sido un día largo de emociones y de aventuras para Juan pero mañana quería volver a salir temprano para seguir disfrutando del entorno. Añoraba, como el resto de días, a su menina a la que todos los días llamaba para escuchar su voz. Se hacía duro no tenerla a su lado, escucharla, hablar y jugar con ella. Su interior le decía que tendría que sufrir mucho hasta que la viera echa toda una mujer. La situación por la que estaba atravesando era muy complicada e intuía que se enredaría aún más después de su vuelta ¿Por qué eran tan difíciles a veces las cosas?, ¿Por qué se establecían de esa forma?, ¿Cuál era el sentido de ellas?, ¿Por qué el destino lo había traído hasta el norte? Miles de preguntas lo asaltaban en su habitación sin tener respuesta para ellas. Aunque, lo que sí era cierto es que el destino lo movía por un mar revuelto, siendo incierto para los mortales era previsible para los dioses de aquellos griegos de antaño que consideraban nuestro futuro de forma arbitraria y como juego para su diversión. Pero lejos de aquellas antiguas leyendas que han ido vagando por el túnel del tiempo el único que era el que seguía marcando este caos al que se tenía que enfrentar Juan era el universo.

5. Miércoles. La aventura.

El despertador sonó como de costumbre a eso de las siete de la mañana. Desde los grandes ventanales del cuarto, se vislumbraba un gran día de buen tiempo. Los ojos de Juan se entreabrían para descubrir todo esto y para darse la vuelta hacia el otro lado de la cama. Al cabo de diez minutos la alarma de su teléfono móvil volvía a su insistente reclamo persuasivo de que se levantara. Se levantó y como todos los días se dispuso a su paseo matutino.

Hoy notaba un poco el cansancio acumulado de varios días acostándose tarde. Pero no estaba allí para dormir sino para apreciar, aprender y vivir una experiencia única -se repetía esto como forma de autoconvencimiento para despejarse-

Su paseo era algo que no perdonaba cada vez que viajaba a un lugar diferente. Había tanto que aprender, que ver y que compartir, que su ansia por bajar al pueblo y moverse por sus calles era más poderosa que su agotamiento y ganas por dormir. Esa mañana había algo en el ambiente que denotaba nerviosismo entre las personas que comenzaban a verse caminar por el pueblo. Escuchaba ruidos que no sabía determinar todavía a que correspondían. Olor a calles mojadas por la limpieza de los operarios que habían preparado al pueblo para algo que sorprendería gratamente a Juan. Hoy no le acompañaba Helena, que cansada y un poco dormilona rechazó su oferta de volver a mezclarse en el ambiente de un Zarauts que despertaba. Más podía el sueño que caminar y tomarse una taza de café con leche en el afamado restaurante. Pero hoy, no habría tal degustación matutina, habría otra cultural que lo reconstituiría mucho más que un simple líquido tonificante.

Una vez había bajado hacia la plaza en la que había un quiosco musical y en un lateral una herriko taberna. Comprobó lo desolado que se encontraba todo, no había nadie por las calles. Algún vecino, que venía de comprar el pan y el periódico de la zona, era lo único que vio con vida. Al pasar por una de estas calles comprobó que en los contenedores había alusiones a los presos de ETA. Eran unos folios en los que se podía ver fotografías, en formato primer plano, ataviadas con una especie de gorra plana en la cabeza –chapela-, y en la que se podía leer TXURI ETXERA, en otras que un retrato sin rostro, que se encontraba por multitud de lugares expuestos y en el figuraba IHESLARIAK ETXERA. Esto, le llamó mucho la atención y le daba a entender la presión de familiares etarras hacia su causa. Más adelante, se enteraría que lo que querían decir este tipo de pancartas era que estos miembros de la banda que habían sido arrestados no estaban presentes en las fiestas de su localidad y los afines a ellos los hacían presentes de esta manera. Al poco de caminar por las calles desiertas, volvió a pasar por la misma en la que había visto colocado en el contenedor esos carteles. Pero ahora era curioso como esos mismos carteles habían sido tapados con otros anunciando una competición deportiva. Hacía menos de cinco minutos que había pasado por allí y ya habían sido ocultados. Era notable y palpable que había una gran tensión entre los habitantes, aunque nunca lo vio manifestado en ataques directos. Lo que si era evidente es que los grupos afines a la banda terrorista eran mayoría en la localidad.

Volvió a la plaza de la que partió. En ese mismo instante, comenzó a escuchar unos sones procedentes de las calles aledañas a dicho lugar. De pronto, comprobó que eran un grupo de unos diez hombres que amenizaban la mañana a modo de diana, para despertar a las personas del lugar. Ataviados con unos pañuelos al cuello, chapela en la cabeza, camisa blanca y chaleco, pantalones largos y unas alpargatas atadas a lo largo del tobillo y la pantorrilla por unos cordones que se hacían notar en lo alto de unos calcetines blancos. Llevaban un tamboril colgado sobre sus hombros izquierdos una flauta sujeta por la misma mano y por su boca con la que la hacían sonar, mientras su mano derecha, apretaba un palillo con el golpeaba el tambor.

Recorrían las calles amenizando el día con un sonido muy particular. Era todo un espectáculo digno de ver por sus compañeros pero que lamentablemente se lo estaban perdiendo. Pero aquí no acabó todo, sin moverse mucho del lugar y a pocos metros avanzaban hacia él otro grupo de personas. Lo encabezaban unas mujeres, que vestidas con el atuendo de la zona, faldas amplias y largas, camisas blancas y pañuelo al cuello, tocaban el acordeón y la pandereta. Tras ellos venía un séquito de personas vestidas con trajes de época. Se podía ver al párroco, al médico con su maletín, al señor Alcalde, al cartero en bicicleta, al fotógrafo con su cámara de trípode al hombro y a la ertzaintza con su traje azul, chapela y pantalón rojos. Mientras desfilaban se abrían paso al son de la música que hacían sonar los de cabeza. Una maravillosa fiesta para un día espectacular en el que el cielo azul y una temperatura agradable presagiaban todo un derroche de diversión. En una esquina los veía pasar y comprobaba que la gente se iba animando a salir a la calle para verlos marchar. En ese momento, aprovechó para entrar de nuevo a la plaza y dirigirse hacia el albergue. Hoy era un gran día para estar en la calle - se repetía- Ideó una posible salida de las actividades de la mañana para poder integrarse en las celebraciones que se iban a dar lugar dentro de muy pocas horas.

Pasó al comedor donde se encontraban todos y se sentó para desayunar y reponer fuerzas para lo que iba a significar un gran derroche de energía. Lo tenía muy claro, a la más mínima oportunidad se descolgaría del grupo y aprovecharía para impregnarse de la cultura de esta tierra vasca que tanto le estaba fascinando. Una vez terminó, pasaron a realizar el activador diario que hacía que se despejaran nada más comenzar las actividades, y que llevaban a cabo en el aparcamiento del albergue. Una vez realizado, pasaron dentro de la sala. Hoy miércoles, tocaban las explicaciones sobre la forma de llevar a cabo y realizar las iniciativas de grupo. Era un tema interesante y del que Juan sabía muchísimo. Fue en este momento cuando aprovechó e ideo su plan.

-- "Perdona Jorge. Tendría que salir al médico"

-- "¡Te pasa algo grave!"

-- "No, no te preocupes. Es que necesito una receta médica para comprar unos medicamentos que se me han acabado".

-- "Pues nada, ¡Ve sin problema!"

Todo estaba saliendo como se había propuesto. Lo lamentable del caso es que lo de acudir al médico era verdad. El consultorio se encontraba a pocos metros de donde se alojaban, el servicio fue rápido. Una vez terminó, se dirigió hacia la plaza donde por la mañana había paseado y en la que se tuvo que abrir paso entre el gran gentío que se congregaba en ella. Buscando entre las calles aledañas encontró una a pocos metros de aquel lugar. Al salir de la farmacia, volvió a la plaza detectó que la gente se agolpaba en uno de los lados como esperando algo o a alguien. De pronto, comenzó a escuchar un ruido de cencerros ¿sería un rebaño de animales que pasaría hoy por allí? en todas las fiestas locales hay siempre una feria de ganado. Pero de repente, vio a lo lejos un grupo de personas ataviadas con un extraño ropaje que se aproximaban hacia donde él se encontraba. Preparó su cámara fotográfica, como por la mañana y se dispuso a inmortalizar ese acontecimiento que estaba a punto de presenciar. Cuando estaban cerca de él, afinó su objetivo hacia el grupo que pasaba y capturó la imagen. Se trataba de hombres engalanados con una piel blanca que cubría todo su torso, con un pañuelo rojo alrededor del cuello y debajo de todo esto una especie de enaguas blancas. Culminaba su disfraz un gorro en forma de cono, con un ribete de encaje blanco en la base que se alojaba en la cabeza y que les llegaba hasta las cejas, estaba adornado en su parte final por unas cintas de colores y unas plumas de gallo que lo coronaban. La mayoría eran robustos, hacían sonar unos grandes cencerros que llevaban acoplados en sus espaldas y que lo hacían con un gran movimiento de caderas. Era grande el estruendo que iban causando por donde pasaban pero más era la expectación que causaban entre los que se concentraban para verlos pasar. Las personas se agolpaban a ambos lados, con sus trajes tradicionales y sin parar de beber. Al momento de esto comenzaba en el centro del quiosco de música un concierto de música tradicional vasca. El grupo estaba compuesto por cinco personas en las que se mezclaban mayores y jóvenes. Un hombre de unos cincuenta años y una joven de veintitantos años aproximadamente hacían sonar las panderetas a los extremos. En el centro se encontraban dos chicos jóvenes que tocaban el acordeón y más atrás, un hombre mayor que sería el encargado de hacer sonar sus cuerdas vocales para amenizar con su canto a los allí congregados, que eran muchos.

Quedó maravillado porque la gente comenzó a danzar en corros de repente. Esto era igual que las sevillanas en Andalucía. La gente era tan dinámica como en su tierra. Ellos, con la tradicional chapela, y ellas con sus faldas con delantal característicos. Con las manos arriba y unos movimientos muy estilizados de pies no paraban de bailar y de sonreír. No pasó mucho rato de esto, cuando por el otro extremo de la plaza comenzaba un desfile de carrozas con alusiones típicas a sus tradiciones. Rápidamente, la gente se volvía a congregar y hacer pasillo para dejar paso a esta nueva actividad. La mañana estaba siendo de lo más atractiva y divertida. Las carrozas se iban aproximando, una a una por el lateral de la plaza. Las menciones al vino de la tierra y a las costumbres de sus raíces se magnificaban en aquel escenario de calle. La carroza que cerraba la cabalgata venía representada por un enorme tamboril y una flauta. Esta última, se detuvo cerca de donde se encontraba Juan y entonces fue cuando comprobó como un señor mayor se subía en ella y se dispuso a realizar un baile simple, pero lleno de significado para las gentes de esta parte del norte. El baile en cuestión era el aurresku de honor (*ohorezko aurreskua*, en euskera) una danza vasca que se baila a modo de reverencia y que se interpreta por un chistulari, o músico que toca el chistu y tamboril y un *dantzari* (bailarín). Son los hombres únicamente, los que interpretaban esta escena. El bailarín tiene en la mano su boina que se la lanza a la persona a honrar, una vez que termina se la devuelve.

Visto esto, regresó al albergue. En el almuerzo, comentó a sus compañeros y compañeras la gran fiesta que había en la plaza. Esto hizo que algunos se animaran a dar un paseo por donde, momentos antes, él había disfrutado de una maravillosa mañana. Al final, solo nueve se decidieron a dar una vuelta. Entre ellos se encontraban: Julia, Noelia, Dani, Helena, Ilze, Clara, Lola, María del Pilar y Juan. Descendieron hasta la plaza dando un paseo, mientras el sol calentaba el entorno. Era una tarde agradable de final de verano. Nada más entrar por el callejón que desemboca en ella, pudieron comprobar el gran gentío que había montado en todo el recinto. Automáticamente, se dirigieron hacia el centro para tener una idea más general de lo que había allí. Unas fotos y unas risas les condujeron hacia una barra improvisada en la que pidieron unas cervezas.

Toda la plaza estaba engalanada de pancartas, folletos e incluso un blasón de la Real Sociedad. Se podían ver sus colores, azul y blanco junto al escudo. En él, dos fechas: 1909-2009. Cien años de historia nada más y nada menos quedaban anunciados en aquel balcón que sostenía esa bandera que presidía y contemplaba todo lo que allí estaba sucediendo. Algunos del grupo fueron reticentes a la hora de comprar las cervezas en aquella barra improvisada al lado de la herriko taberna. Consideraban que era una colaboración implícita, hacia la banda terrorista ETA y sus acólitos. El corrillo comenzó a extenderse a todos los miembros del grupo, que comenzó a plantearse su compra. Al final, algunos se decidieron y la compraron. Juan se abstuvo, se conformó con disfrutar del momento y de la compañía de los integrantes del grupo. Las discrepancias que se habían originado en torno a si se colaboraba o no con la banda terrorista por la compra de unas cervezas, volvieron a presidir los comentarios dentro del seno de ellos. La voz discrepante de todo esto era la de Dani, el chicarrón del norte- Para él ser aberztale, suponía la defensa de unas ideas independentistas que no eran extrapolables al uso de la violencia para defenderlas. Por tanto, su idea era contraria al uso de la fuerza para la consecución de sus ideales. Una idea muy contraria a la que tenía Juan de este movimiento vasco.

-- "Yo soy vasco y aberztale". –Dijo Dani ante la sorpresa de Juan y del resto- "Pero considero que una cosa es defender unas ideas y otra el uso de la violencia". –Apuntilló-

En ese momento se hizo el silencio aunque quedaba clara la postura del joven. Esto conllevó que todos se tranquilizaran y se creara un ambiente más distendido. Y un ¡Ah, bueno! se oyó en todo el grupo, que siguió conversando y bebiendo en aquella plaza repleta de gente. La música sonaba y era bailable, tenía un ritmo pegadizo que favorecía el movimiento corporal casi de inmediato. Su significado era el que no sabían precisar, dado que era en euskera.

-- "¡Oye, Dani! ¿Quién canta esto?" –Preguntó Juan-

-- "¡Benito Lertxundi!" –exclamó con fuerza para que se pudiera enterar dado el estruendo de los decibelios de los altavoces que había colocados en la plaza y que dificultaban la comunicación- "Y la anterior que hemos escuchado tan pegadiza era de Oskorri - *Katuen Testamentua* y creo que llevaba por título *Axun Kla Kla*, ¡Muy pegadiza! ¿No crees?"

-- "¡Sin lugar a dudas! Todas son típicas de la zona de Euskadi ¿verdad?"

-- "¡Sí! Pero hay una muy típica y que tal vez hayas visto o escuchado. Una de ellas es la *Oreka TX - txalaparta dantza*".

-- "Pues a ver si me pasas algo de música de tu tierra que me pueda llevar para el sur".

-- "¡Eso está hecho! Antes de que te marches te pasaré *Euskal musika* para que te acuerdes de este día y de esta tierra vasca".

-- "Pues muchísimas gracias por tu ofrecimiento, y por tus explicaciones"

-- "¡No hay de qué!"

Después de disfrutar de un rato de sosiego, risas y buen ambiente, bajaron hacia la playa. Una vez llegaron, se dividieron en dos grupos, unos se fueron a andar por el paseo marítimo y los otros bajaron a la arena a tomar el sol. Para Juan no había algo peor que achicharrarse con los rayos que el sol desprendía y eso que no era el mismo que hacía en el sur. Era un buen momento para buscar algunas conchas. Tenía que hacerle un regalo a su amiga invisible. Mientras paseaba e intentaba encontrar alguna entre la fina arena de la playa, observaba como Dani e Ilze se descalzaban y se adentraban hacia adentro de las aguas de un mar que les llegaba a los tobillos. La imagen era idílica, uno frente al otro, hablándose y mirándose a los ojos. Mientras, las alegres y suaves olas que llegaban hacia donde ellos estaban acariciaban y sumergían sus pies, yendo y viniendo sin cesar. Volvía a ver en esta escena una más de las muchas que venía observando en sus viajes. La conexión entre las personas seguía existiendo, fueran del lugar que fueran, tuvieran las ideas que tuvieran. Después del momento contemplativo que había tenido, se dedicó a la búsqueda de las conchas entre las rocas que se encontraban en una de las esquinas de la playa junto al malecón. Eran difíciles de encontrar y las que podía ver se hacían las fuertes al estar ancladas fuertemente en la roca. Al final, pudo coger una que había quedado suelta y que conservaba intacta su estructura.

El regreso al albergue y por consiguiente a las actividades programadas de la tarde supuso renunciar a un día espléndido de sol en la playa. Una ingente cantidad de trabajo cooperativo les esperaba en esa segunda parte del día, se entregaron a ello todos hasta la hora de la cena. Finalizaron y se desplegaron por distintos lugares del albergue como forma de relax antes de la comida. Para los representantes de los grupos, aun quedaba un ratito más de tareas. Había que realizar la evaluación diaria de los talleres así que se juntaron en la entrada del edificio y en las escaleras de acceso se pusieron a llevar a cabo dicha prueba.

La hora de la cena llegaba y todos esperaban en los alrededores de la entrada al comedor. Pero ese día había un cierto desasosiego nadie encontraba al extraño personaje que era puntual para las comidas ¿Dónde estaría?, ¿Qué le habría pasado? Una incógnita que querían desvelar mientras pasaba el tiempo de espera. Juan y otros se distribuyeron por las plantas de los dormitorios, por la sala y el patio del entorno. Pero nada, no se encontraba allí. Se había convertido en una obsesión el saber algo de esa persona. Terminaron en el salón de la entrada mirándose unos a los otros, haciendo gestos con la cara y los hombros para significar que no lo habían encontrado.

-- "¿Qué? ¿No ha habido suerte?" –Dijo Juan a los presentes-

-- "¡Que va! ¡Este hombre ha desaparecido!" -dijo Alberto-

Y cuando todos se encontraban reunidos, haciéndose estas preguntas en el interior de la recepción, apareció un hombre regordete con pantalón corto, camisa por fuera y chanclas, que se dirigió hacia ellos para interpelarlos. Todos quedaron estupefactos.

-- "¡Hola! ¿Tenéis hora?" –Preguntó el extraño hombre-

-- "¡Eff...!" –Se oyó decir a alguien del grupo-

-- "¿Cómo dice?" –le preguntó Soufian al hombre, con cara de extrañado-

-- "¿Queda mucho para cenar?" –respondió-

-- "¡No, nada! ya creo que habrán abierto el comedor. Son ya las 21 horas" –contestó Juan un poco confundido-

-- "¡Gracias!"

Todos se echaron las manos a la cabeza y se pusieron a reír. Era verdaderamente asombroso que no lo hubieran encontrado por todo el albergue, y que apareciera tan misteriosamente. En ese momento, una voz les indicaba que se apresuraran a entrar en el comedor, eran Jorge y Marta, vestidos con el traje típico de la zona.

-- "¡Vamos muchachos! Que hay que salir a la fiesta de esta noche en el pueblo. No se queden hay pasmados como si hubiesen visto un fantasma". –Dijo Jorge-

La noche se esperaba movida. Era una gran fiesta local, donde la música, el alcohol y la danza correría y sonaría a raudales. Todos bajaron hacia la plaza del quiosco musical. La gran parafernalia que sigue a un evento como este estaba conformada. Una gran cantidad de vecinos se apoderaban de la calle con sus trajes típicos, como los de Jorge y Maite. Se dirigieron a una de las calles aledañas y en una esquina de aquellas que había por doquier, se encontraron con una cafetería donde comenzaron a beber cerveza y a conversar.

Para Juan, todo era un espectáculo digno de observar. Multitud de grupos de personas que hablaban, actuaban, bailaban y se divertían en medio de un estruendoso galimatías de ruidos. A pocos metros se aproximaba Julia que llevaba una camiseta con adornos florales y un gran foulard en su cuello; María del Pilar con un pantalón vaquero, camiseta blanca, chaqueta vaquera y el bolso colgado sobre su hombro derecho. Por último, Noelia con una camisola blanca que dejaba ver un gran escote, su bolso negro colgado y la chapela de Jorge puesta en la cabeza. Las sonrisas venían puestas en sus labios y los vasos de cerveza sujetos por sus manos.

-- "¿Qué pasa Juan? ¿Cómo va la noche?" –Dice Noelia-

-- "¡Bien! Y vosotras por lo que puedo comprobar también lo lleváis bien ¿no?"

En ese momento Juan comprobó como una persona ya mayor se aproximaba a un grupo de jóvenes maduros que se encontraban con sus mujeres y sus hijos. Todos estaban ataviados con los trajes regionales. Se aproximó a uno de ellos y le comentó algo al oído que Juan no pudo terminar de entender bien. En ese momento el joven se dirigió hacia donde se encontraba Juan. Pasó a su lado y se introdujo en un callejón que daba la vuelta a la calle para poder ver algo que le había comentado ese señor. Esta persona parecía alguien que ostentaba algún puesto de relevancia en alguna asociación, ayuntamiento o grupo político. Juan lo siguió sin pensárselo dos veces con su cerveza en la mano y caminando tranquilo como si no fuera con él nada de lo que estaba sucediendo. Se convirtió en una especie de espía que quería saber a dónde se dirigía ese joven. De pronto, la persona a la que seguía, se volvió y se encontró de cara con él. La cara se le descompuso pero siguió adelante mientras sus brazos chocaron de manera fortuita.

-- "¡Perdón!" –Respondió el joven-

-- "¡No pasa nada, tranquilo!" –Le respondió con una palidez que delataba su miedo ante lo que estaba sucediendo-

Quedó preso del aturdimiento en el que había caído por el acontecimiento que acababa de vivir. Pudo sentir ese miedo que imaginaba habrían sentido muchos al encontrarse con alguien de ese entorno violento. O tal vez todo era producto de su imaginación. Siguió hacia adelante para asomarse a la esquina, donde hacía unos momentos había mirado esa persona. Comprobó que había un retén de limpiadores municipales que iban vestidos con una indumentaria que podía dar lugar a confusión con la policía municipal vasca. Comenzaba a especular mientras retrocedía y volvía con el grupo ¿Sería del entorno de ETA?, ¿Había sido informado de algo y habría ido a comprobarlo?, Pero... ¿Por qué tenía que ser de ese entorno?, ¿Podría ser por otra razón? La verdad es que la *heriko* taberna se encontraba en la plaza y la cantidad de papeles recordando a los etarras que no se encontraban en la localidad eran abundantes. Una cantidad de preguntas lo desbordaban. Le hacían entrar en una burbuja de misterio y aventura que lo volvían un poco paranoico. Así que prefirió seguir bebiendo e irse con todos hacia el centro de la plaza. Allí se encontraban los músicos y una multitud de gente de todas las edades bailando las danzas típicas de esta tierra.

Esa noche fue espectacular. Nunca imaginó que acabaría danzando en tierras vascas con sus gentes. Intentando adoptar sus formas de relación en torno a unas melodías maravillosas. La embriaguez y el paso de las horas, hacían ver ya el final de un día cargado de sensaciones muy especiales para todos ellos, pero sobre todo para Juan.

Cansado y molido de tanto danzar, yacía sobre su cama una noche más. Recordaba todo el desarrollo de las experiencias vividas. Contento y con una paz interior que lo llenaba por completo, cerraba los ojos y caía en presa de sueños que lo hacían volar por encima de un Zarauts al que las olas del mar saludaban con su presencia mientras su espuma blanca rompía sobre su paseo marítimo.

6. Jueves. Un descubrimiento cultural y social.

San Sebastián se abría a Juan como una ciudad nueva, con tradición, modernidad, naturaleza, cultura, sabores, texturas y diálogos. Con pinceladas de la "Belle Epoque" repartidas por muchos rincones naturales y pintorescos, pero había algo más que le llamaba poderosamente la atención, la montaña. Y sobre todo el mar, que abrazaba a esta bella, amable y acogedora ciudad.

Desde el mismo momento en que puso pie en tierra vasca, encontró sabor a mar, a cultura y sobre todo a gastronomía por el buen hacer de sus cocineros en la proyección internacional. Sus pintxos se extendían a lo largo de las barras de los bares de toda la ciudad por los que pasó, sobre todo por la parte vieja.

La llegada a esta pequeña ciudad, de unos ciento ochenta y tres mil habitantes, se produjo por la mañana y frente a Catedral Buen Pastor (*Artzai Onaren Katedrala*) en un espléndido día de final de verano. La perla del cantábrico, como es denominada por su belleza que ofrece frente al siempre poderoso mar, deleitaba con sus encantos a los participantes del encuentro, que se quedaron encandilados nada más bajar del autobús y contemplar una urbe con una gran calidad de vida, un destino turístico de privilegio y con una afamada gastronomía que la hacía inmejorable. Pero para Juan, su tierra natal era igualmente fantástica. Cada lugar tiene algo que lo diferencia de los otros lugares, lo hace único.

Pero sin embargo, hay algo siempre que los acerca con similitudes parecidas.

San Sebastián surgió como pueblo pesquero, creció como ciudad comercial y fortaleza militar cuando Napoleón invadió la península ibérica. Más tarde, después de ser casi destruida por completo, volvió a renacer en el período de Isabel II como lugar de descanso vacacional. Durante el siglo XIX se configuró como una ciudad culta, lo que le confirió una abundante llegada de personalidades burguesas y reales. Hoy en día, su ritmo de actividad turística, escénica, cultural y gastronómica es considerable. Sus festivales de cine y de jazz la hacen conocida internacionalmente. —Les comentaba, Jorge, mientras caminaban por sus calles- Durante el mes de septiembre se celebran las *Euskal Jaiak* o fiestas vascas en las que se realizan demostraciones y competiciones de los típicos deportes vascos de antaño, que tienen una antigüedad antiquísima y están vinculados a las labores diarias de trabajo que se realizaban en los caseríos. Entre los más conocidos destacan la pelota que se juega en frontones, como los que pudisteis ver por la ciudad de Zarauts junto al *Photomuseum o Argazki & Zinema Museoa* que quedaba muy cerquita del albergue. Igualmente, se encuentran los *aizkolaris* o cortadores de troncos y los *harrijasotzailes* o levantadores de piedras, de los que algunos recordaban a Iñaki Perurena, pues en su niñez aparecían en televisión con bastante asiduidad. Otro gran acontecimiento es la semana grande donostiarra que se celebra a partir del día 15 de agosto en la que se combinaban el concurso internacional de fuegos artificiales en la bahía de la Concha con las carreras de caballos en el hipódromo de la ciudad. Las corridas de toros y la celebración de multitud de actividades lúdico-festivas. Sin olvidar el tradicional e importante cañonazo desde la casa consistorial en *Alderdi-Eder* que hacen arrancar los ocho días de fiesta en toda la localidad. La variedad turística de la ciudad parecía no tener fin.

Era cierto lo que comentaba Juan, Córdoba tiene sus diferencias con San Sebastián. Pero si analizamos detenidamente su historia veremos cómo su inicio, construcción y su gran valor cultural la hizo merecedora de un gran derroche de creatividad y crecimiento social por el que pasaron muchas culturas como la romana, la musulmana, la judía y la cristiana. Algunas llegaron a convivir sin más problemas y dejaron un legado monumental, cultural, social y gastronómico sin igual. Su mes de mayo, en el que se combinan el olor del azahar de los naranjos en flor por sus calles, con sus concursos de patios y cruces, su concurso internacional de la guitarra y su feria de la "Virgen de la Salud". Todo, en un marco excepcional como es la judería y el casco histórico artístico, que hacen que hoy por hoy compitan las dos por ser capitales culturales para el 2016 -Vaya paradoja, - se decía Juan mientras sonreía por ese hecho- Pero ahora tocaba disfrutar del momento y no confundirse con extrañas competiciones por quién ocuparía ese privilegio llegado el momento. Anduvieron durante unos minutos por calles transitadas de multitud de personas que iban de un lado para otro. Edificios que se alzaban majestuosos hacia el cielo azul. Afluencia de tráfico circulando y un grupo de participantes en un seminario deambulando por las aceras de un San Sebastián que se les ofrecía para llevar a cabo el descubrimiento cultural y social. Esta ciudad está hecha para caminar, con su paseo marítimo que bordea su costa, sus calles peatonales, sus parques y jardines que la hacen ser maravillosa.

Se congregaron frente al gran hotel María Cristina, donde se alojaban las grandes estrellas y los jóvenes directores de todo el panorama cinematográfico nacional e internacional, que cada septiembre asistían al certamen más cosmopolita del año, como les gustaba a los donostiarras decir. Todos estaban expectantes y decidieron tomar una fotografía en los escalones que suben hacia la entrada de dicho lugar. Al terminar esa pose mantuvieron una conversación con el señor que muy bien ataviado, era el encargado de recibir en la puerta a los huéspedes.

-- "¿Se ha encontrado con alguna figura importante del cine?" -Le comentaban algunos-

-- "¡Vaya que sí! Brad Pitt, por ejemplo"

Y así siguieron preguntándoles otros. Jorge les llamó la atención para que dejaran trabajar al portero y poder comentarles algunas cosas que tenían que ver con la prueba que iban a desarrollar en unos momentos.

-- "¡En primer lugar! deciros que el festival de cine de San Sebastián o *Zinemaldia* es uno de los eventos de cine más importantes de Europa junto a los de Cannes o la Mostra de Venecia, por citar algunos. Quiero deciros que vamos a iniciar una ginkana por la ciudad en la que tenéis que trabajar por grupos. Los grupos serán los mismos que hicieron el día de la presentación de trabajos. Se os entregará una hoja con una serie de pruebas que no coinciden en orden con la de los otros grupos y que tendréis que realizar todos juntos. Algunas pruebas, tendréis que superarlas con la ayuda de los transeúntes que os encontréis. En otras deberéis hacerlos participar. Se hará por tiempo pero la idea no es competir, sino disfrutar de la actividad y de la ciudad.

Dicho y hecho, repartieron los itinerarios, los mapas y las pruebas y se dispusieron a realizar la actividad matinal que se habían marcado los organizadores del evento. Partiendo del hotel, y avanzando más hacia adelante se podía ver el Palacio de Congresos *Auditorium Kursall* o *Las rocas varadas* que eran dos cubos del arquitecto Rafael Moneo. Era una de las grandes expresiones de arquitectura contemporánea, sin lugar a dudas, una obra de arte que daba identidad a San Sebastián en el mundo entero. Como la Mezquita de Córdoba, que es emblema de la ciudad. -Pensó Juan-

Las pruebas se desarrollarían por el casco antiguo, recorriendo monumentos como la Iglesia San Vicente Eliza, el San Telmo *Museoa,* La plaza de la Constitución (*Konstituzio Plaza*), La Iglesia de Santa María Eliza o el mismo Ayuntamiento (*Udaletxea*). Los grupos llevaron los colores de sus camisetas correspondientes y comenzaron a andar hasta llegar al Teatro Victoria Eugenia desde donde comenzó la prueba. Momentos antes, cuando iban caminando, había un cierto ambiente de suspicacia entre algunos. Helena se le acercó y le comentó que le hiciera un favor.

-- "¡Juan, por favor!, ¿Podrías leerle esta nota a Javier que es mi amigo invisible? -Le dijo con esa forma tan persuasiva que tienen las mujeres de pedir las cosas y a las que los hombres no nos podemos resistir-"

-- "¡Claro que sí! ¡Dámelo!" -Y sin más, se dirigió hacia Javier y le leyó el papel que contenía una poesía-

Una vez terminado, Javier le dijo que le entregase su papel. Pues había conseguido hacerle que hiciera la prueba del juego del asesino. Había caído en un engaño tan infantil que se quedó un poco desorientado al principio. En ese momento se acercó Helena y le pidió perdón. Había caído tontamente en una pequeña trampa.

-- "¡Perdona, Juan! no era mi intención engañarte". -dijo ella con ternura, pero con una sonrisa socarrona-

-- "¡No te preocupes Helena! si yo quería quitarme el "muerto" del papelito"

Esta dinámica era colectiva y se inició el segundo día. Cada participante tenía que obligar a realizar una prueba consentida a otro sin que se diera cuenta de ello. El que caía en la trampa se veía forzado a entregar su cuartilla al que lo había persuadido. Al final el que más convencía era el ganador.

A partir de aquí, se separaron los grupos y comenzó la prueba por Donostia. El grupo de Juan comenzó a moverse con rapidez al mismo tiempo que con divertimento. El día soleado y las ganas de pasarlo bien eran un cóctel que invitaba a descubrir esta hermosa ciudad. La primera prueba consistió en realizar un "Machinga" con gente que se encontraran por la calle. Le pidieron a un grupo de tres chicas y un chico que pasaban por allí, que les ayudaran les explicaron de lo que iba todo aquello para que les ayudaran a realizar la prueba. No hubo problema, se prestaron gustosos a llevar a cabo algo raro en plena calle.

La segunda prueba consistía en realizar una fotografía del grupo con el Palacio de Congresos

Auditorium Kursall al fondo. Todos se situaron maravillosamente mientras Juan volvía a pulsar el botón de su máquina.

La tercera los llevaba mucho más lejos de donde se encontraban. Debían de anotar el precio de lo que costaba un bote de judías en un supermercado próximo a la parte vieja, denominado Campo Largo. Entraron llamando la atención en el establecimiento pero aclararon su comportamiento a la cajera y todo quedó aclarado. Siguieron su marcha hasta la próxima prueba. Las sonrisas se esbozaban en sus bocas al culminar las distintas pruebas, advertían lo bien que lo estaban pasando, aunque Juan era un poco disciplinario a la hora de hacerles ir con prisa para intentar vencer. Julia entendía que estar corriendo durante toda la competición sin otro objetivo que conseguir el triunfo y sin admirar la ciudad era un poco frustrante.

La cuarta, consistía en realizar una instantánea junto al soldado tocando el tambor. No fue fácil encontrarlo entre aquel entramado de calles aunque al final lo consiguieron.

La quinta, fue encontrar la calle que se quemó en el siglo XIX. Mapa en ristre y carrera va y viene. La calle no aparecía. Preguntaron por muchos sitios y no había forma de dar con ella. La dichosa vía no aparecía y gracias a la amabilidad de un vecino pudieron descubrirla. Se llamaba treinta y uno de agosto. El grupo estaba satisfecho con lo conseguido, pero todavía quedaban unas pocas más por realizar y el tiempo seguía corriendo.

-- "¡Tenemos que ser los primeros!" –Les decía Juan, como líder del grupo-

-- "¡Qué pesado! nos llevas con la lengua fuera". – Respondió Julia-

-- "¡Nada, nada! Hay que ser los primeros. ¡Venga vamos!"

Así que el grupo continuaba la marcha con el ritmo frenético que había impuesto Juan. La sexta prueba, era descubrir la plaza de la Constitución. Jesús compró algún souvenir. En esta plaza había un gran escenario y se accedía a través de cuatro arcos que estaban en cada esquina. En este punto Julia estaba literalmente "reventada" de tanto correr.

En la última prueba. Frente al ayuntamiento de San Sebastián, había que conformar una pirámide con todos los integrantes del grupo. Todo fue una odisea entre carreras, miradas al mapa y al reloj. Llegaron y comprobaron que eran los primeros. ¡Lo habían conseguido! Pero quedaba lo más importante, realizar retrato ¿Quién la podía hacer? –Pensaron- Le pidieron a un transeúnte que se la realizara y se colocaron juntos para entrar dentro del objetivo de la cámara. Se dieron cuenta que no había quedado nada bien. Se veía a Juan subiendo a lo alto de la pirámide. Otra vez tuvieron que pedirle al señor que la volviera a realizar pero cuando todos estuvieran bien puestos. Julia, Sofía y Niko servían de base. Encima se situaron Jesús y Carolina, arriba del todo Juan. En ese preciso momento, apareció el grupo de "Los pollos de Donostia", pero ya era tarde. Ellos lo habían conseguido primero. Lo realmente fabuloso, fue el descubrimiento de la ciudad y lo bien que se lo habían pasado.

Cuando todos los grupos se encontraron con los organizadores, se felicitaron por el buen trabajo hecho les dieron tiempo libre para pasear, seguir encontrando lugares y rincones de una ciudad.

Se formaron varios grupos y se separaron por los alrededores. En estos momentos, algunos aprovecharon para mandar mensajes de mimos a sus amigos invisibles.

-- "¡Que te abrigues y te lo pases bien!" –Le dijo Alberto a Noelia- de parte de tu amigo invisible.

-- "¡Qué guay!" -Le respondía sorprendida-

En un grupo de los muchos que se hicieron, recaló Juan junto a Soufian y Miguel. Se perdieron entre las callejuelas de un barrio antiguo que comenzaba a bullir de gente. Entraron en una calle en la que todos sus bajos eran tabernas típicas. Se introdujeron en el primero que vieron, sentándose al fondo del todo sobre unos bancos y apoyados en una mesa de madera, esperaron a la camarera para pedirles unas cervezas y unos *pintxos*. Se encontraban en lo alto de una gran barra que se extendía desde la entrada hasta el final del habitáculo. El gran tesoro de la ciudad fue descubierto, entre callejuelas y viejos soportales de un casco antiguo que un día fue pasto de las llamas. La gastronomía de San Sebastián, un arte y una delicia que provocaba un estallido sensorial en las papilas gustativas de todos ellos. Ir de *pintxos* era algo que había oído hablar siempre a los que habían vuelto de regreso de estas tierras del norte. No es que en su Andalucía natal no los hubiera pero estos eran especiales y tenían fama de ser pequeños platos de alta cocina. Su deseo era experimentar esas sensaciones papilo-gustativas que siempre había querido tener.

Los *pintxos* son una pequeña rebanada de pan sobre la que se coloca una ración de comida, del tipo que sea. Para que se sujeten, se utiliza un palillo, de ahí el nombre *"pintxo"*. Entre los que probaron, les gusto especialmente uno de anchoa en salazón del cantábrico con guindilla y pimiento verde confitado. Brochetas de gambas, queso de cabra sobre fondo de jamón y tomate con hilos de salsa de mango. Unos *bricks* de bacalao y montaditos de solomillo con foie y puerros. Había uno que parecía una trainera y que, aparte de pan, llevaba gambas y jamón.

Otros grupos se habían dado un gran paseo por lugares como Donosti que, al igual que Zarauts, dejaba al descubierto y al aire libre su cultura esparcida por todas partes. Multitud de esculturas engalanaban plazas, rincones y espacios para deleite del visitante y orgullo de los donostiarras. Se podían admirar muchas obras de arte, era como estar visitando un museo al aire libre. Como primera obra, se encontraba una de las doce que están repartidas por los puertos de Gipuzkoa y Bizkaia, Estela. Uno de esos doce "ojos" que parecen otear el mar Cantábrico y que es obra de Agustín Ibarrola. Otra escultura emblemática de esta ciudad es la obra del escultor Eduardo Chillida y el arquitecto Luis Peña Ganchegui, el Peine de los Vientos, un ejemplo de creatividad, belleza y entendimiento entre el arte y el medio natural. Demuestran una férrea lucha entre la fuerza del mar y la robustez del hierro fijado en la roca un lugar de disfrute, sin lugar a dudas. Sin dejar el mar como elemento panorámico para contemplar estas figuras, descubrieron la que Chillida realizó para homenajear al descubridor de la penicilina, Alexander

Fleming, que se encontraba en pleno paseo de la Concha resistiendo al tiempo con su dureza de granito.

Otro de los muchos lugares donde percibir la belleza de San Sebastián, de cómo hace de su entorno un espacio de cultura vivo y mimetizado con los elementos naturales, es otra obra que realizó en su día chillida y de la que queda constancia en pleno paseo nuevo. Una escultura que se alza imponente desafiando a la fuerza del mar. Vieron dos cosas más, el monte Urgull en el que como en Lisboa y Río de Janeiro, hay una escultura del Sagrado Corazón que custodia la ciudad desde lo alto, fue realizada por el artista Federico Coullaut en 1950, con una altura de 12 metros para que pudiera ser vista desde al menos 4 millas desde el mar. Desde este lugar, la vista es un privilegio para los que se atreven a subir hasta su cima, antaño fortaleza y enclave de seguridad militar.

La naturaleza se hacía presente por todos lados. Una ingente cantidad de espacios verdes se repartían por toda la capital. Suponían un gran pulmón que oxigenaba la atmósfera de todo el entorno. Entre los parques, se encontraba el de Cristina Enea, que se ubicaba junto al edificio de la tabacalera, muy cerca de la estación del norte. Un lugar idílico para relajarse y dejarse llevar por la naturaleza en la paz. Destacaba por sus árboles altos y exuberantes, el toque bello de los cisnes y los pavos reales que transitaban por sus alrededores. Significó una prueba de amor, de tantas de esas que hay en el mundo, de un hombre hacia una mujer. Del Duque de Mandas a su mujer.

Otro espacio singular sin perder de vista la magnífica vista de la bahía de la Concha, era el parque de

Miramar de estilo inglés y que se unía al mar entre senderos que descendían suavemente hacia él. Nuevamente en la playa de la Concha, la más conocida, más visitada y más céntrica de la ciudad, encontraba esa diferencia con respecto a otras. Kilómetro y medio de arena blanca desde donde que se apreciaba un escenario armónico entre los elementos que conforman la naturaleza. Desde este anfiteatro, que es la playa, se puede contemplar la isla. Enclavada en el corazón de la bahía como protectora de la bravura del mar, la de la Concha y la de Ondarreita. La isla de Santa Clara es el mayor emblema del paisaje de Donostia, se mostraba a todos como una oportunidad diaria de belleza y disfrute.

La parte de la ciudad que no pudo contemplar fue la que se origina por la noche, tuvieron que marcharse para llegar al albergue y continuar con las actividades programadas. Pero no dudó un momento en preguntar a Jorge, para que lo ilustrara un poco más pormenorizadamente de estos lugares.

-- "¡Oye, Jorge! y la noche Donostiarra ¿cómo se desarrolla?"

-- "¿Pues… como te diría? Básicamente hay tres zonas nocturnas. Una es la parte vieja de la ciudad o como decimos aquí el barrio que nunca parece descansar". -Le dijo con ironía- "Está la calle Reyes Católicos que se encuentra detrás de la Catedral del Buen Pastor y es la más moderna. Por último, el barrio de Gros que es más de ambiente relajado". -Terminó de contestarle Jorge, que se encontraba un poco inquieto por la hora que era, y cogían el último autobús de las siete de la tarde o no había otro para regresar a Zarauts hasta mañana por la mañana-

En definitiva fue un grato encuentro cultural que le hizo ver las grandes diferencias que había entre ciudades pero al mismo tiempo las grandes similitudes que se podían generar al compararlas. Todos tenían la consigna de quedar en el punto de llegada a las diecinueve horas para coger el autobús que los llevara a Zarauts. En su regreso iban un poco cansados. Para Julia y María del Pilar era un momento ideal para cerrar los ojos y echar una cabezadita antes de llegar al albergue y descubrir la sorpresa que tendrían a la hora de la cena.

Ainhoa se había encargado de organizar una cena al más puro estilo vasco. En una sociedad gastronómica, tendrían la oportunidad de conocer las formas de relación que llevan las personas de esta tierra. Son entidades privadas, sin ánimo de lucro, en las que sus socios participan de la vida política, social y cultural de la localidad. Llegaron a la parada de autobús de Zarauts, se bajaron todos y recorrieron el camino que llevaba hasta el albergue. Una vez en él, subieron a sus respectivas habitaciones a ducharse y a vestirse para la cena.

-- "¡Atended todos! Dentro de una hora nos vemos aquí abajo en la entrada. Esta noche cenamos fuera". -Repitió Jorge a los asistentes-

Todos asintieron con la cabeza y subieron a las habitaciones. Se hacían turnos para poder pasar a las duchas. Mientras unos se tumbaban en las camas, otros se terminaban de vestir. Pasada la hora, estaban preparados para dirigirse hacia el pueblo y encaminarse hacia la sociedad gastronómica. Después de un paseo por la localidad en aquella noche estrellada y con un ambiente muy agradable, llegaron a un edificio de varias plantas. Ascendieron por las escaleras hasta la cuarta planta. Al entrar, se encontraron con una sala donde había una gran cocina y una terraza con unas mesas dispuestas en línea recta a ambos lados. Los fogones estaban en pleno funcionamiento y las ollas llenas de alimentos.

Todo estaba dispuesto, les pidieron que se sentaran en las mesas y cada uno ocupó un lugar. El de Juan fue presidiendo la mesa. No fue un lugar buscado sino que cuando llegó de dentro de la cocina era el que había sin ocupar. Este es uno de los sitios que quedan reservados para el invitado más importante de cualquier acontecimiento, o para el que tiene que proceder a dar un discurso. En ninguna de estas situaciones se encontraba. Los rituales, ante una celebración, son muy parecidos en todos los lugares. Esperaron a ser servidos. Brindaron por aquella noche tan maravillosa de un final de verano en lo alto de una terraza de una sociedad gastronómica, en la que el pescado fue el plato protagonista del convite. El banquete terminó con la despedida y los agradecimientos a los socios que habían hecho posible esta gran acogida. Bajaron y en la puerta del edificio se colocaron para inmortalizar el momento. Más tarde, anduvieron por las calles de un Zarauts callado y sutilmente iluminado. Se había acabado el día y comenzaba el ritual de espera para el nacimiento de uno nuevo. Quedaba en Juan un sentimiento interior de no haber aprovechado bien el día. Quería más y sentía que no era hora de volver sino de seguir haciendo algo en común. Se resistía a que claudicaran todos ante la norma ¿Por qué la apatía reinaba esa noche?, ¿Por qué dormir cuando había tanto de que hablar y que contar?, ¿Por qué? ¿Por qué?, tantos interrogantes en su cabeza que no lo dejaban tranquilo.

7. Viernes. Fue un beso de esos.

El amor no sabe de riquezas ni de personas, ni de pobrezas, ni de momentos, ni de nada. Aparece y se desvanece como el día y la noche. Va y viene sin rumbo fijo. Tan duradero y tan efímero, que es incontrolable. Surge siempre cuando menos se le espera y en cualquier lugar, por muy caótico que parezca el contexto en el que se dé. No se ve venir pero deja estela en su recorrido. El verdadero amor, permanece como esencia que impregna para toda una eternidad. Es el destino quien lo dirige en su penetrante encuentro entre los dos amantes. Ellos serán los que lo mantendrán vivo o lo matarán.

En todo encuentro de jóvenes, siempre hay un momento para las relaciones interpersonales para comunicarse, para expresar, para sentir, para emocionarse. Una semana de actividades en un albergue dan para mucho. Para mantener unas relaciones estrechas de amistad y para compartir muchas más cosas en tan poco tiempo. Esta cercanía y sensaciones temporales, provocan situaciones y momentos que van más allá de la simple amistad. A veces traspasan esas líneas que solemos controlar en otras situaciones de la vida.

Las relaciones de afecto y de cariño entre participantes eran algo normal en este tipo de situaciones. Las personas, como seres sociales, encontramos y damos afecto a otras. Este tipo de reacciones las había contemplado Juan en cada uno de los encuentros e intercambios a los que había asistido en estos últimos años. Jóvenes del mismo país y de distinta comunidad autónoma, que se dan cuenta de que hay algo que les une y que lo comparten en esa semana. A otros, que son de distinto estado europeo, les ocurre lo mismo y que llegan a mantener esa relación pasados los años. En fin, mil y unas situaciones que siempre eran vistas por él, como algo curioso y que siempre terminaba normalizado en este tipo de acciones. Juan siempre las había visto desde el otro lado del espejo, desde ese lado contemplativo. Cómo un figurante dentro de una escena en la que los protagonistas eran otros, en la que no daba lugar ha ser visto, ni oído. Solo a estar como elemento de relleno.

Curiosa forma de pasar por una obra teatral vivida y real. Ver, oír y callar, incluso sin pensar. En realidad era como ser un fantasma en vida. ¿Y los sentimientos?, ¿Y la esencia del ser mortal?, ¿Dónde quedaban?, ¿Y los interrogantes de la vida?, Cuán escondidos estaban, que no había forma de hacerlos aflorar. Pero... ¿Y el amor? Palabra repetida por miles de autores, de poetas, como forma de interpretar y de expresar miles de situaciones a las que nunca terminamos de definir. Los de tinta impresa para escribirlos, sentirlos y cantarlos. Tal vez nunca encontraría una respuesta satisfactoria ya que como él sabía, era tanto lo vertido sobre este sentimiento que nunca se concretaba una respuesta común. Su concepción de la felicidad y del amor lo hacían reflexionar y preguntarse asimismo: podría decirse que el amor es el acercamiento de aquello que llamamos alma hacia una persona. Nadie puede estar seguro de decir porque nos gusta una persona. O... ¿porque me agrada leer? –Mientras caía en un estado de autismo total o ausencia temporal-

Cuando vemos a una chica y se despierta en nosotros esa sensación que explicamos diciendo – ¡me gusta!- realmente no tenemos ni la más remota idea del porqué. Mientras miraba contemplativo hacia el horizonte que tenía delante de él. Recordó a Nietzsche, un autor de esos que tuvo que estudiar y consultar en sus años universitarios, que afirmaba que lo que recibimos en nuestro cerebro son señales de comunicación codificadas y que son interpretadas. Éstas son combinadas produciendo un sentimiento razonado que produce amor entre otras cosas. Aunque el amor es esa sensación agradable no perdida en el momento. Pero sigue siendo uno de los grandes misterios de la humanidad. Éste es de los grandes enigmas por desvelar. Hacía tiempo que había leído el libro, de Francesco Alberoni, titulado –*Te amo*-. En el, se deja ver la gran cantidad de amores que podemos encontrar en la vida. El amor de pasión, es uno de ellos, como el de Romeo y Julieta. O sin ir más lejos, el de Tristán e Isolda que quedó grabado en su retina en su viaje al Norte. Otros, serían el puro, basado en la moral, en esa libertad que busca la defensa de nuestros valores; el platónico, el amor material, el de madre... y tantos otros.

En un momento dado, todo el grupo se dirigió hacia el paseo marítimo. Tras bajar las escaleras que daban acceso a él se plantearon a donde ir. Fueron al primer pub que encontraron nada más bajar hasta el paseo marítimo. El bar se encontraba vacío. Apenas cinco o seis personas apoyadas en la barra. Hablaron con el dueño, con el encargado de la música y comenzó la fiesta. Todos hablaban hasta que algunos comenzaron a moverse en la pista contagiando a los demás. La música era bailable y con ritmo, lo que propiciaba la desinhibición de la mayoría. La chica sevillana, Lola, con la que encontraba una relación como la de hermano mayor, le había comentado que tenían que intentar ligar los dos. Había que comprobar el tópico de que todos los vascos y vascas, en general, son muy fríos a la hora de relacionarse con desconocidos.

Pronto se formó un gran círculo en la pista de baile. Iban entrando espontáneamente y perdiendo el miedo al ridículo. Se expresaban libremente con su cuerpo y al son de la música. Para Juan, era timidez lo que hacía que se situara en la parte más alejada del grupo. Además se propuso comprobar lo que había estado hablando con su amiga Lola. Ella por su cuenta, ya lo estaba intentando. Con una sonrisa y mirada cómplice se lo indicaba en la distancia. Él la miraba y sonreía, haciendo ademán de preguntarle: "¿Cómo va eso?" A lo que ella le respondía: "¡Fatal!"

Él por su parte se propuso intentarlo con un grupo de mujeres que se encontraban apostadas en una esquina de la barra. Las miró y se fijó en la que consideró que era la más atractiva. Después del juego de miradas que conlleva ese cortejo o primer acercamiento natural entre dos desconocidos, se acercó y se presentó.

-- "¡Hola!, ¿Qué tal?, Mi nombre es Juan" – en ese momento las otras compañeras se apartaron y los dejaron solos. La chica se limita a beber de su vaso. En el corro de sus amigas, comenzaron los cuchicheos-

-- "Me encontraba ahí bailando con mis compañeros y os he visto y… Bueno, me he preguntado si sois de aquí".

-- "Sí somos de aquí. ¿Y vosotros?, ¿De dónde sois?"

-- "De toda España, bueno... de... distintas comunidades autónomas".

-- "¡Ah... pues muy bien!

Juan comienza a bailar al lado de esta chica sintiéndose un tonto que no sabe arrancarle conversación alguna. Pasados unos minutos vuelve a intentarlo.

-- "Y... ¿Qué hacéis por aquí?"

-- "Venimos de un entierro". -dice ella con toda naturalidad-

-- "¿Cómo?, ¿Qué venís de un que...?" -Para él era una situación de cámara oculta. No sabía si le estaba vacilando-

-- "¡Sí! el marido de una amiga nuestra se ha muerto y hemos estado de entierro. Luego hemos decidido salir a tomar algo".

-- "Qué costumbre más pintoresca tenéis aquí de despedir a alguien". –Juan estaba estupefacto-

-- "¡Vaya!"

Después de un rato intentando hablar y no perder de vista el objetivo que se había marcado con Lola, deja a la chica como un caso perdido. Ésta se muestra fría en la conversación. Al final, se cumple el dicho de que es imposible ligar con un vasco o una vasca en el primer encuentro. Frías por fuera, y tal vez ardientes por dentro, pero nunca llegaría a comprobarlo. Al poco de esto, se encontró con su amiga Lola y se intercambiaron las experiencias vividas. Lola lo ha intentado, incluso insinuándose. Pero aun así, no hubo manera. Él le contó su experiencia y al final los dos coincidieron en la imposibilidad de lograrlo. Ríen de forma cómplice y se incorporan al grupo que ocupa toda la sala, bailando, bebiendo y animando la noche de un jueves inolvidable. La música de la sala es bailable, amena y variada. Algunos bailan en el centro de la pista de baile lo que hace animar al resto de jóvenes. Juan hace lo mismo y comienza a moverse de forma graciosa en el círculo que han formado en el centro sus compañeros. Aparecen algunos –flashes- de cámara que van dejando inmortalizados algunos momentos relevantes de la noche en los que dejan guardados para la posteridad esos instantes de entusiasmo en grupo y en parejas.

-- "¿Qué pasa?, ¿Cómo vas?" -Pregunta Juan a Soufian-

-- "¡Bien, todo va bien! Pero estate atento a Helena, tú hazme caso que se lo que te digo. Éntrale y no seas tonto". –Dice después de haber escuchado una conversación entre Helena y otras compañeras hacía unos momentos-

La confusión del momento hace que Juan quedara confuso en ese mismo instante, lo que lo llevó a apartarse nuevamente del grupo. El ron con coca cola que estaba bebiendo le provocó un estado etílico que aún podía controlar. De repente se le acercó Ainhoa agarrándolo por el hombro y lo llevó de nuevo a la pista para que siguiera bailando. Cuando llegó quedó frente a Helena que a lo lejos le sonrío con una espectacular y dulce sonrisa. Por un momento quedó pensativo por la que le había contado Zoufian y solo la miró devolviéndole el gesto alegre de amabilidad que había tenido con él. Era una situación rara, como si alguien hubiera cortado los terminales nerviosos que posibilitaban el movimiento de sus músculos y de su cuerpo. Quedó sin conexión para moverse, esperó que su alma volviera del lugar donde se había ausentado. Ella era el tiempo, avanzaba y se detenía. Marcaba el momento en el que el segundero progresaba. Al rato, comenzó un flirteo de miradas y gestos, entre ambos. Él se le acercó y comenzó a hablarle.

-- "¡Hola Helena! ¿Cómo estás?" -Dice Juan acercando sus labios a su oreja-

-- "¡Bien, aquí estamos!, ¡Y tú!" -contesta con su graciosa sonrisa-

 -- "¡Pues… aquí bailando y pasándolo estupendamente con todo el grupo!"

-- "He visto que no has tenido mucha suerte con esa chica de la barra ¿no?" -Dice ella, dando a entender que no lo ha perdido de vista en ningún instante-

-- "La verdad es que he intentado algo que me propuse con Lola. Ligar con una chica vasca para comprobar el dicho de que es difícil hacerlo". –Justificándose-

-- "¿Y se ha desmontado el mito?"

-- "¡Qué va!, ha sido imposible hablar de cualquier tema. Prefiero a las del sur, como tú" –le vuelve a hablar con sus labios cerca de su oreja para terminar rozándoselos sobre la piel de su cuello-

Un atrevimiento que le podía haber costado una gran bofetada. Pero, en este caso ella sonrío y aceptó con agrado ese gesto. El hecho, en sí, suponía una complicidad entre ambos.

-- "¿Te parece bien que salgamos de aquí y nos vayamos a dar una vuelta?" –Dice bajito acercándose a ella-

-- "¡Me parece bien!"

Sin decir mucho más a nadie, se dirigieron hacia el exterior. Dentro comenzaron los corrillos y las habladurías sobre lo que estaba pasando. Cupido había entrado en la sala de fiestas y había dispuesto a dos almas para que salieran a dar una vuelta. Salieron felices de allí, hablando y comentando muchas cosas. Contenidos por la pasión del momento, subieron las escaleras que habían bajado hacía unas horas. Nada más subir, se encontraron con la plaza-mirador. La misma desde la que realizó una fotografía al mar el día que salieron a pasear por la mañana. Ese momento fue el detonante del revoloteo de miles de mariposas en el abdomen de ambos. Helena significaba vida, tempestad, calma, frío y calor. Apareció ante él como una gran aurea intensa que lo embriagaba sin beber. Eran, en definitiva, unos juguetes en manos del destino.

-- "Como… ¿no se si te acuerdas? lo que se ha comentado en estos días en los talleres que hemos realizado, que habláramos las cosas, que nos dijéramos a la cara lo que sentimos y pensamos, que no dejemos que nuestros sentimientos den vueltas y más vueltas en nuestro interior como si de una lavadora se tratara".

-- "¡Sí, es verdad! hay que decirse las cosas". – Contestó ella un poco cortada-

-- "Pues… es que yo me he encontrado muy bien contigo, me he… dado cuenta que había algo… especial que me ha hecho fijarme en ti" –hablaba Juan intermitente sin lograr terminar las frases-

-- "A mí también me ha ocurrido lo mismo y eso es lo que me ha hecho salir contigo fuera del bar. He considerado que me debía dejar llevar por el momento sin pensar en nada más".

En ese instante, y con una dulzura inimaginable se agarraron de la mano y se confesaron las intimidades que normalmente quedan reprimidas en el subconsciente de nuestro cerebro. Aquellas que no somos capaces de decirnos y que con los años se convierten en carcoma que devora lo que pudo ser y no fue. En este caso se materializó en un dejarse llevar por algún motivo especial del destino. Y felices, comenzaron a andar y a saltar los charcos que habían dejado los empleados de la limpieza municipal por las calles. Ensimismados, cruzaron los pasos de peatones hasta llegar a una de las callejuelas. Allí y resguardados por el manto de la negra noche que cubría la cúpula de un cielo estrellado e iluminado por el brillo de la luna, se abrazaron y se comieron a besos con gran intensidad y emoción. Las bocas pegadas purificaban sus almas y, como dirían los sonetos del gran maestro *Shakespeare* puestos en boca de Romeo, "*sus labios ya ostentaban su pecado. Pecado de sus labios, necesario era pues que ese pecado fuera devuelto*" Entre el parapeto de la pared, ahora, fueron sus cuerpos los que se rozaron y los que volvieron a presidir, de nuevo, el abandono. Fue un beso de esos..., que habla la canción, un beso de esos que cumplen un sueño, un beso de esos..., que ponen contento y que bajan la guardia.

-- "¿Quién eres tú?, Que has hecho para que se encienda de nuevo en mí la pasión". –Preguntó Juan a pocos centímetros de sus labios-

-- "¡Dímelo tú, a mí! pues me hago la misma pregunta y en estos momentos no sabría que responderte" –tras lo cual se fundieron en un gran beso-

-- "Tampoco yo podría responderte. Solo el sosiego y la paz de esta noche y de este momento me hacen estar tan satisfecho que no encuentro las respuestas".

-- "¿Realmente así lo sientes?" –Le replicó Helena mirándolo a los ojos-

-- "¡Sí, así lo siento!"

-- "Hay algo misterioso y al mismo tiempo peligroso en tus ojos Juan. Son tan maravillosos y con una profundidad que puedo perderme en ellos.

-- "Pues en ti hay una sonrisa que me hace enamorarme tan profundamente que el peligro que corro es parecido al tuyo".

Juntos y abrazados se perdieron en lo más hondo y recóndito del mar de su amor. Helena era hermosa, con una fresca y dulce cara que mojaba el árido terreno que conformaba el alma dormida de Juan. Su expresión gestual era única y su inocencia en apariencia, hacía que nadie pudiera resistirse a esas líneas faciales que la hacían merecedora de una gran belleza. En la que no había *"mejor lugar que las nubes de su pelo, para mezclar las drogas y los versos"* como diría la canción de *Fito & Fitipaldis* para hablar de una mujer muy especial. Las sensaciones eran las mismas para ambos, y los dos se llenaron de ellas. Se vaciaron en el cortejo previo que tuvo lugar dentro de la sala de fiestas en las que entre arrumacos y besos en el cuello conformaron un cóctel difícil de rechazar por ambas partes, y que acabó con una proposición, por parte de él, para salir de allí y marchar por esas calles, que tanto anduvo en los primeros días de su llegada. Unos lugares llenos de una luz tenue y de muchas esquinas, entre los que se hablaron y se confesaron un amor insoslayable. Verdades que no podían ocultarse por más tiempo.

Por un instante las lágrimas de Juan hicieron grabar esos momentos en su interior para recordarlos por toda la eternidad. Supo que desgraciadamente esto tenía un final y que acarreaba un alto coste para él. Pensó que las decisiones a tomar a partir de ahora eran muy difíciles. Volver con su hija y aguantar un mundo de incertidumbres o dejarlo todo, comenzando una nueva vida con la chica que había conocido y que le hizo sentir algo distinto a lo que nunca había experimentado. Se encontraba contento, no quería otra cosa que ésta. Solamente deseaba que la felicidad los envolviera, aunque el momento fuese complicado. Era tan ilusionante y maravilloso que ese recuerdo continuara ahí hasta el final de los tiempos. Lo agradable de las cosas no está en el culmen de las mismas sino en su proceso y lo realmente importante en el bienestar de una persona es el control que ejerce sobre su propia vida. No importa realmente las circunstancias sino la actitud de enfrentarse a ellas.

Anduvieron después de ese momento álgido de besos y de éxtasis, por aquella calle que quedaría en el recuerdo de ambos. A la llegada al albergue, donde en su exterior se confesaron amor y suaves presiones corporales, entraron a la habitación de ella. De nuevo, se dejaron llevar por la pasión que ofrecía aquella maravillosa noche de verano. Sus cuerpos se encontraron en el mismo cuarto, rozándose uno sobre el otro, junto a la pared de una habitación solitaria donde dos seres que se amaban en la oscuridad de un lugar que se ofrecía al desenfreno y al amor. El camino que recorrieron sus manos por los contornos de sus cuerpos pusieron de manifiesto sus estilizadas figuras por las que se pasearon con sus manos y configuraron líneas inimaginables para un escultor. Hubo una gran pasión y sentimiento, en esa fusión de espíritus que parecía más de dos adolescentes que de dos adultos. Se querían, se amaban y lo expresaban a través de los sonidos y movimientos corporales de sus cuerpos. Buscaban la pasión, el sentimiento, el roce y la armonía entre sus almas. Verdaderamente era un sentimiento, un amor que traería consecuencias en el futuro de ambos. El amor los desbordaba, los atenazaba tanto, que esa noche no culminaría la pasión. No durmieron juntos físicamente pero sí emocionalmente. Pero algo así fue inolvidable, eterno y motivo de una proclama universal como la de los romances más literarios que hayamos leído o escuchado. No hay nada mejor, ni tan grande, que compartir con alguien algo que recordar toda una eternidad. Para ambos, este fue uno de esos momentos que no vuelve a pasar igual en sus vidas. Además, todo es uno e irrepetible. Al igual que somos creados únicos, las situaciones son imposibles de volver a escribirse.

La vida es finita, pero el amor es eterno. Éste perduraría por siempre jamás. Una mujer tan bella, interior y exteriormente, no podía ser motivo de olvido y para Juan no iba a serlo. Aunque tuviera que vivir dos veces su vida siempre tendría el recuerdo de esta maravillosa mujer que le hizo despertar de un letargo que duraba años. Jamás creyó que renacería al mundo de las emociones que creía muerto y enterrado para siempre. Los dos sufrirían mucho después de este encuentro pues la vida no está hecha para los soñadores ni para los portadores de la verdad y de la pasión. La pasión está siempre en cualquier esquina dispuesta a encontrarnos cuando nuestras almas carecen de los mínimos estímulos necesarios para ser queridas. Nuestra media naranja no es una, sino muchas y dispuestas en consonancia de las circunstancias del momento. El amor es algo tan efímero y tan circunstancial, que aparece cuando menos lo esperas y en los momentos más dispares. Un veneno que puede hacer dormir, como a Julieta o que puede matar como a Romeo, que nos puede beneficiar o nos puede perjudicar. También es verdad que puede solucionarnos momentáneamente todos nuestros problemas internos y que exteriorizan nuestra sensibilidad humana. Sin escudos, sin prejuicios, que nos llenan de luz, iluminando nuestros ojos y dando un tono a nuestra piel tan intenso, que somos capaces de iluminar el entorno donde nos movemos, atrayendo a aquella persona a la que amamos.

La noche era demasiado dulce para ser real —se decía Juan- Describir la hermosura de Helena era muy difícil. Sus ojos, eran espejos donde mirarse y encontrarse. Su sonrisa, inolvidable, fresca y envidia de las rosas del jardín. Era tan bella que Juan no cabía en sí de gozo. Llegado un momento de esa pasión, Helena le pidió verlo. Saber como era realmente en su desnudez. Sin ropas, sin títulos, sin nada. Para ella él era guapo y especial. El físico cuenta pero realmente lo que cuenta es el interior, esa amalgama de energía que expresamos y que sentimos en otra persona. Lo que nos enamora, aunque con el tiempo se avinagre y desaparezca la emoción inicial que sentimos por ella. Pero en este caso era distinta, pasional, enorme, una embriaguez de delirio que expresaron en aquella habitación. La vivencia quedó tatuada en sus vidas, en sus gestos y en sus recuerdos. No hay nada de malo en una historia de amor, pues él es el engranaje de este mundo. Aunque nos cueste reconocerlo, es el que hace funcionar todo el mecanismo de avance y no de retroceso. Sus actos no habían sido realizados con ánimo de herirse emocionalmente, sino de amarse, pues era lo que habían sentido en ese momento. Habían querido, amado y deseado.

La hermosura de Helena era distinta a todas las que había visto anteriormente en su vida. Los sentimientos le estaban haciendo daño. Experimentaba sensaciones dispares a las que no sabía como enfrentarse. Sólo tenía clara una cosa: que debía amar. Dar todo lo que tenía y así lo hizo. Esa noche quedó guardada en el más profundo de su ser. Una historia tan bella y tan intensa era motivo de evocación, pues las verdaderas historias de amor se fraguan en pequeños momentos vividos y con personas especiales. Siempre estaría presente en su vida, pues compartieron momentos diferentes a los normales que hicieron que esa comunión perdurara por siempre. Sin saberlo, se jurarían amor eterno.

-- "¡Ojala, siempre fuera esta noche!" –Dijo Juan, junto a ella en la cama-

-- "¡No te vayas!" –Le comentó Helena-

-- "¡Debo irme! Mañana nos veremos".-Le respondió Juan, dándole un beso-

Esa noche le fue imposible dormir, la felicidad lo embargaba. Boca arriba en su cama repasaba una y otra vez, mientras miraba al techo, lo que le había sucedido. Sus otros compañeros de cuarto ya dormían, él se preguntaba: ¿Qué era la felicidad?, para luego darse multitud de respuestas ¿Vivir la vida como uno quiere vivirla?, ¿Estar a gusto con lo que haces?, ¿Encontrarte bien con lo que llevas a cabo y con las personas que te rodean?, ¿Vivirla sin más....? Cada uno tiene su propia idea y habría que preguntarse realmente ¿Qué es lo que nos hace ser felices? En un momento dado giró su cabeza hacia su izquierda para contemplar por los ventanales que tenía la habitación, el brillo de una luna que se abría paso en medio de la oscuridad más absoluta de la noche. No se daba cuenta de que las preguntas que se hacía tenían claves para entender el sentido mismo de la vida, que son de las más difíciles de responder y de las que tal vez no tengan respuesta ¿o tal vez sí? Pero pueden que sean tantas las contestaciones que no satisfagan a todos. Tal vez, sabemos tan solo una ínfima parte de ellas, aunque la gran mayoría de las preguntas que nos hacemos los humanos no tienen de momento respuesta.

Lo que sí supo Juan era que el río del verdadero amor nunca llevó sus aguas tranquilas. Siempre fluyeron agitadas, en correntías de grandes desniveles y con una fuerza inusitada que hacían difícil y tortuosa su salida. Muchos entraron en ellas y todos terminaron sucumbiendo ante su gran fuerza. El recuerdo más evidente de todo esto y que aún le quedaba fresco en su retina, era la historia de Tristán e Isolda. Este amor que ambos sentían, era un afluente del anterior, y por lo tanto se convertiría en efímero cual soplo de aire en el cielo. Sería rápido y veloz, como corriente desenfrenada que busca al primero para mezclarse y ser devorado por las fauces del tiempo, que inexorablemente pasa con el mismo ímpetu que el torrente del amor, sin dejarles reposar esos momentos de felicidad. Y cuando esgrimía con fuerza y pasión, en su interior estos pensamientos fue presa fácil entre los brazos de Morfeo. También el maravilloso recuerdo que le había quedado de la sonrisa que Helena le brindó aquella última noche de verano. La habitación quedó en silencio y sus ojos bajaron el telón de una función que había sido excepcional. Mañana volvería a subir y daría paso a otro acto entre dos almas necesitadas de amor y cariño.

Ya solo quedaban cuerpos inertes en una habitación repleta de silencio. La oscuridad de la noche se hacía ver entre las cristaleras de un cuarto que se dejaba iluminar y vigilar por una gran luna de estío.

8. Sábado. Su gran verdad.

Amanecía y el sol obligaba a la luna a volver de nuevo a desaparecer. Ella fue la testigo envidiosa y pálida que presenció callada todo el romance de amor de la noche anterior. Sucumbía ante su retirada matinal con tristeza contemplando por los ventanales de la habitación el despertar de su competidora en belleza. Aunque Helena giró y cambió de lado para seguir plácidamente durmiendo. Por su parte, Juan mantuvo su hábito de salir a pasear bien temprano, de descender al pueblo, de bajar hasta la playa y andar por ella. Desayunó contemplando las maravillosas vistas al mar y al horizonte, aquel en el que antaño se consideraba que terminaría el mundo.

A su regreso se incorporó al seminario después de que el resto de compañeros ya hubieran desayunado. Las miradas de ambos se cruzaron en algún momento pero mantuvieron las distancias. Hoy por la mañana había un cierto revuelo en el albergue. Un grupo numeroso de personas de distintas edades se encontraban congregadas en la zona de recepción, ataviadas con trajes populares, charlaban y ponían a tono sus instrumentos de cuerda. Todos los del seminario comenzaban a entrar en la sala para continuar sus actividades de la mañana. En este momento y viendo la situación creada Juan considero que podía darle una sorpresa a su amiga invisible, Carolina. Acercándose a un hombre de unos cuarenta y muchos años que estaba sentado y afinando su guitarra le comentó sus planes.

-- "¡Hola, buenos días!" -dijo Juan-

-- "¡Hola, muy buenos! -respondió sorprendido-

-- "¿De dónde son ustedes?"

-- "¡De Extremadura, Cáceres!"

-- "Perdone que lo aborde así pero me gustaría que me hiciera un favor"

--¡Usted dirá! -Le dijo el hombre expectante-

--Pues verá, estamos un grupo de personas de casi toda España realizando un seminario sobre proyectos juveniles. Igualmente llevamos a cabo otras actividades, entre ellas las del amigo invisible. Por esto, me gustaría sorprender al mío, en este caso la mía.

--¡Comprendo! -Le volvió a replicar el músico, con cierta incredulidad-

-- "¿Podría usted entrar en la sala cuando pasen unos minutos y decirle a Carolina que de parte de su amigo invisible la vamos a deleitar con algo de música para que pase una mañana agradable?" – Le preguntó, mientras volvió a insistirle- "Por favor ¡Sería estupendo para sorprenderla!

-- "¡Bueno haremos lo que podamos! Me ha dicho que es en esta sala ¿no?" -Le preguntó el hombre sorprendido una vez más por aquella solicitud tan extraña-

-- "¡Sí, en ésta!"

-- "Y el nombre de la agraciada era ¿Carolina?"

-- "¡Efectivamente! Bueno gracias y espero que me ayude"

La espera se hizo interminable. Pensaba que aquel músico se habría reído de él y se preguntaba qué habría pensado cuando le comentó lo de irrumpir en plena sesión y tocarle algo a alguien a quien no conocía. Pero en realidad, era lo mismo que iba a hacer él en pocos minutos en la localidad ante muchas otras a las que tampoco conocía. No sabía cómo saldría aquello pero lo que sí tenía claro es que como saliera bien se iba a quedar boquiabierta su amiga invisible y por consiguiente el resto de participantes. Había tenido una idea genial y muy creativa con la que iba a sorprender, en esa penúltima mañana de estancia en Zarauts, a Carolina. Todos entraban en la sala y se colocaban en sus respectivos lugares para el inicio de las actividades. El tiempo pasaba y no ocurría nada. Juan miraba sin cesar la puerta por la que se suponía debía entrar el músico pero nada. Los nervios se lo comían por dentro y el desánimo comenzaba a aparecer. De pronto, cuando ya la suerte estaba echada y las esperanzas sucumbían por los suelos, la puerta de la sala se abrió y entró aquel hombre ataviado con su traje regional y su guitarra en la mano. Todos y todas se pusieron de pie y comenzaron a mirar con gran expectación lo que estaba ocurriendo. Maravillados, creían que les iban a ofrecer un recital de música y baile a todo el grupo. Aquel señor se dirigió hacia el centro de la sala y preguntó por Carolina.

-- "¡Hola, buenos días! Vengo buscando a Carolina". -Dijo, mientras todos estaban anonadados-

-- "¡Soy yo!" —Respondió aturdida la joven-

-- "De parte de tu amigo invisible y para que pases una agradable mañana, te quiere y te queremos ofrecer un poco de música". -Le dijo a la joven con una sonrisa, mientras cogía unas sillas para que se sentara junto a él-

Todos habían quedado enmudecidos por lo que estaba sucediendo. Para que Carolina no advirtiera de que era él el que había montado todo ese numerito ponía cara de sorpresa y fingía no dar crédito a lo que estaba viendo. Mientras tanto, ella le daba las gracias a su amigo invisible y se sonrojaba al ver que era la protagonista de aquel acto. Terminado el recital dedicado a aquella joven todo volvió a su normalidad y dio comienzo la actividad que estaba prevista.

Esa mañana se hizo presente que lo que gusta a todo es curiosear. Se presentó un elemento nuevo en el desarrollo del seminario. Había una caja en la que podían echar papeles escritos con todas aquellas cosas que no se habían podido ver. La relación de ambos muy posiblemente, quedaría escrita en alguna de ellas por alguno de los participantes. No obstante esto no era algo que les preocupase. Una vez que Jorge presentó la nueva herramienta, pasó a reunirlos a todos en grupo para ir presentando los contenidos con los que iban a trabajar a continuación.

-- "Toma Julia, vamos a hacer una tela de araña con este ovillo de lana, en la que diremos cuál ha sido nuestra visión positiva y negativa del encuentro. -Dijo Jorge. Ella lo cogió y procedió como le había dicho-

-- "¡Para mí, todo ha sido positivo!" -lanzando el ovillo hacia Soufian-

-- "Bueno, lo positivo ha sido lo divertido, además de la buena relación que ha habido entre todos" –Lo envió a Juan-

-- "La amistad, el compartir cosas que nunca se olvidarán" –Apuntó, con cara melancólica mientras seguía la estela de sus compañeros y lanzaba el ovillo a otro-

Todos pasaron por el momento positivo y, a continuación, por el negativo. Debían decir qué era lo menos agradable o lo que no les había gustado de todos estos días de estancia y aprendizaje. La escena se volvió a repetir y el ovillo volvía a enrollarse de nuevo y hacia atrás, hasta la posición inicial. El momento había sido muy emotivo e incluso cuando parte de él se deshizo en pedazos. Éstos serían repartidos el último día junto al cd con las fotografías del encuentro. Pero aún les quedaba una prueba más con la que disfrutar. Les harían aflorar los últimos sentimientos que pudieran quedar escondidos en su interior.

Nos movemos, en cierto sentido, por las emociones que nos causan los acontecimientos que van sucediendo a lo largo de nuestra vida. Saberlos controlar de manera inteligente es lo que llaman –inteligencia emocional- algo que no es fácil de aplicar. Los organizadores del encuentro habían aprovechado éste momento para hacer que los participantes se sinceraran a modo de evaluación. Para extraer a través de las emociones datos que le ayudaran a la mejora del evento para próximos años. Todos formaron un corro y se sentaron en el suelo. Se notaba cierto aire de melancolía y tristeza, bien llevada por todos, al ver acercarse el final de esta agradable experiencia. Marta fue la que ocupó el papel protagonista al situarse en el centro con una gran caja. ¿Qué enigma había en todo aquello? se preguntaba Juan, mientras observaba como otros se hacían la misma pregunta. De pronto se desveló el secreto, comenzaron a salir sombreros de colores del interior que fueron colocados estratégicamente y en fila. La atención se incrementó cuando los cinco sombreros de distintos tamaños y colores, fueron situados y comenzó la explicación del juego.

-- "Hoy estamos llegando al ocaso de la actividad" –Dijo Marta con cierta aflicción- "y los organizadores necesitamos saber cómo ha transcurrido todo, si habéis disfrutado, si tenéis alguna queja, qué se puede mejorar, etc.

-- "Por esto" –dijo Jorge, interrumpiendo a Marta- "os vamos a pedir que participéis en este juego de forma sincera. Y para ejemplificarlo comenzaré yo. Como veis, hay un sombrero gris que si nos lo ponemos sobre la cabeza nos ayuda a decir lo que no nos ha gustado de nuestro paso por este encuentro. Por otro lado, tenemos el azul que sirve para decir lo que sí ha sido interesante. El amarillo es para decir lo más ácido que hayamos sentido. La montera de torero alienta la valentía y agudiza los comentarios sobre aquello que normalmente nos callamos por miedo al rechazo. Por último, el rojo debe intentar hacernos hablar con el corazón. Decir lo que hemos y estamos sintiendo. Seguidamente, Jorge agarró el sombrero azul y se lo colocó sobre su cabeza para decir que las cosas habían salido muy bien gracias al comportamiento de todos. Una vez lo comento, se despojó de él y sus manos giraron hacia el rojo. Quería hablar desde el corazón y así lo hizo"

-- "Llevamos organizando este evento desde hace unos años, pero éste es uno de los más especiales de todos. Nos hemos encontrado con un grupo que ha sabido organizarse, participar e interrelacionarse. El amor ha hecho presencia entre algunos. La amistad creo que perdurará, y eso llena de satisfacción a los que hemos estado preparando esto durante meses". –Volvió a decir con cierta emoción reflejada en su rostro-

Pasado ese momento supo reaccionar y volver a animar al grupo para que fuera otro el que se atreviese a salir al centro y decir aquello que le apeteciera comentar en ese momento. La gran mayoría fue saliendo. Comentaron lo maravilloso que había resultado viajar al norte para encontrarse con gente tan maravillosa. Incluso alguno recogió el sombrero gris para decir que lo peor de todo era que la experiencia estaba acabando. También hubo alguna lágrima por parte de Carolina, que era una chica muy sensible y que exteriorizaba rápidamente su estado emocional, haciendo que el resto se contagiara de sus sentimientos. Pero, en realidad, ¿qué hay de malo en expresar lo que uno es y lo que uno siente?, ¿Por qué tantos tabúes y sentimientos reprimidos que solo sirven para hacer que nos sintamos mal y enfermemos? Había que vivir el momento, eso era algo que tenía claro Juan. Estamos aquí, se repetía a sí mismo, por dos razones importantes la primera para ser felices y la segunda para ser muy felices.

Fue a la hora de almorzar cuando coincidieron de manera oficial Helena y Juan en el comedor. Y fue justamente después de comer cuando decidieron dar un paseo por la localidad. Bajaron hasta la playa dando un largo y tranquilo paseo agarrados de las manos. En ese recorrido Juan paró un momento frente a un quiosco y compró el diario -El País-, lo dobló y lo llevó en la mano durante todo el trayecto. Una vez llegaron y se sentaron en una cafetería a pocos metros de la playa, comenzaron a charlar mientras tomaban un café con leche. El periódico fue colocado estratégicamente con la portada hacia arriba y en lo alto de la mesa. Juan quería comprobar, desplegándolo entre sus manos para leerlo, si sería objeto de malas miradas por parte de alguien. Al final constató una vez más, que son los mitos y los prejuicios inculcados en los medios de comunicación los que dan esa visión negativa a los vascos. Se constataba la idea de que cualquiera podía leer un periódico de tirada nacional sin que nadie lo recriminara por ese acto. Regresaron ya comenzada la sesión de la tarde y aunque hubo algún cuchicheo mereció la pena el retraso.

Todo en la vida tiene un principio y un final, un alfa y una omega, y esto lo tenía muy bien aprendido Juan. Todo lo que comienza acaba. Unas veces se gana y otras se pierde. Y en ese juego de ruleta es donde vamos aprendiendo a soportar los envites de la vida. Volvía a recordar lo que decía su jefe *Todo lo que no nos mata, nos hace más fuertes*" y es verdad, pero escuece tanto... que por mucho que hayas sufrido y te hayas curtido en este tipo de situaciones, siempre vuelve a doler.

La tarde se presentaba animada. Además, el buen tiempo era el anfitrión de lujo para actividades al aire libre como la que se iba a llevar a cabo. Los condujeron hacia el lado boscoso del albergue. Bajaron por una rampa que daba a la fachada de un caserío vasco ocupado por jóvenes que se encontraban pasando unos días en la zona. Se organizaron como en días anteriores, y comenzaron a desarrollar una actividad con temática europea. Lanzando un dado conseguían la posibilidad de sumar puntos realizando de forma correcta algo en común. La anfitriona de este gran espectáculo era Ainhoa, que con el gran sombrero rojo colocado sobre su cabeza, animaba como la mejor de las presentadoras de televisión. Los equipos se iban organizando y compitiendo pero siempre con un gran compañerismo y simpatía. Las pruebas se iban sucediendo una a una. Había algunas de carácter físico como la de correr por parejas en forma de carretilla, elaborar torres con los cuerpos, explicarles a los compañeros de grupo algo con mímica, correr a la pata coja, descubrir con los ojos cerrados a los otros, que perfectamente disfrazados se ponían delante de ellos. Ganó quien completó antes todas las acciones propuestas. Todo muy divertido, entretenido e impregnado de un componente cooperativo que se traducía en las miradas relajadas de todos ellos. Realmente se vivía una experiencia que ralentizaba el tiempo, y ésta era paralela a la realidad. Todo estaba detenido, no tuvieron nada más que aquella vivencia que anestesiaba sus malos recuerdos y su vida cotidiana. No quedaba otra cosa que el ahora y el presente. El pasado ni el futuro existía. Era un mundo aparte lo que les envolvía. Terminado el juego que conjugaba conocimientos de Europa con trabajo cooperativo entre los integrantes, convinieron en subir a las habitaciones y asearse para la cena. Pero antes Jorge les comentó que debían de preparar el regalo sorpresa para el amigo invisible que iba a celebrarse después de comer. Esto supuso un problema para Juan ya que no tenía nada preparado. Recordó lo que le hacían a él de pequeño cuando llegaban los reyes magos, era una cesta adornada de papel, de varios colores, de seda y repleta de golosinas. Con mucha prisa bajó hacia el pueblo para comprarlas junto algún otro detalle para la persona a la que tenía que mimar durante todos estos días. Bajó hasta la famosa plaza donde había sido preceptivo pasar día tras día y en la que tanto había bailado la otra noche.

Entró en una tienda especializada que se encontraba en uno de los callejones que la cruzaban y adquirió algunas de las cosas que se presentaban frente a él en unos compartimentos de plástico. Corriendo volvió a subir hacia el albergue para construir la cesta donde depositar todas las cosas dulces que acababa de adquirir. Su elaboración no fue una cosa fácil, tubo que esmerarse a la hora de construirla. El mayor problema era que nadie se diera cuenta de lo que estaba haciendo hasta la hora de la presentación por lo que decidió hacerla en su cuarto. Recogió los materiales necesarios para hacerla y se dirigió hacia su cuarto. En media hora lo tenía todo preparado, se ducho, se arregló y bajó para cenar. Se notaba en el ambiente un clima de agitación y de asombro por saber qué les habrían preparado los amigos invisibles. Durante la cena, se hablaba de muchas cosas y sobre todo de intentar descubrir quién podría ser el amigo oculto de cada uno. Tras la cena se dirigieron a recoger sus regalos y llevarlos a la sala de actividades. Todo se encontraba preparado para pasar una noche inolvidable. Los regalos se encontraban expuestos en el centro de la habitación y los participantes alrededor de ellos. Había de todo, multitud de cosas envueltas en papel pinocho, globos, tarjetas, collares y un largo etc., de cosas maravillosas. Jorge comenzó a dar unas breves indicaciones de cómo se iba a efectuar el desenlace del secreto que había durado desde el segundo día de estancia. Todo eran nervios y expectación. La cara de los asistentes lo reflejaba, miradas a derecha e izquierda, frotaciones de manos, labios secos y humedecidos por la lengua, respiraciones agitadas...

-- "¡Buenas noches! -Comenzó diciendo Jorge- vamos a desvelar a quien hemos estado cuidando desde los primeros días. Comenzaremos diciendo el nombre de uno de vosotros, y ese tendrá que adivinar quién ha sido su amigo invisible. A continuación, le hará entrega de su regalos. –Terminó diciendo con una gran sonrisa-

-- "De acuerdo, venga, comencemos" –Dijeron todos al unísono-

-- "¡Eso, eso, comencemos!" –Exclamó Niko con un gran gorro de cartulina amarilla puesto sobre su cabeza que se lo habían regalado momentos antes-

De uno en uno fueron invitados a salir al centro del corro que se había formado y recibir el regalo del amigo invisible. Para Juan fue una sorpresa descubrir el suyo. Se encontró con un mini vocabulario artesanal de palabras en euskera y un bote pequeño lleno de arena de la playa. Su primera reacción fue mirarlos a todos e intentar adivinar quién podía ser la persona que había afinado tanto en aquel presente. Intuyó que tal vez fuera Jorge. Pero cuando lo nombró, descubrió que su hipótesis no era correcta. Era Maite quien se lo regalaba pues consideraba que había puesto mucho interés en el descubrimiento de la cultura vasca. Sus paseos matutinos, el querer hablar en vasco y el conocer a fondo las tradiciones y fiestas locales, lo habían hecho merecedor de aquel regalo. Esto suponía llevarse una pequeña parte de esta tierra con la que tendría un vínculo de cercanía para toda la vida.

Fue un momento muy emotivo para todos pero aún más lo sería lo que venía a continuación. Iban a representar el juego de las tres culturas. El tema de trabajo se centraba en la interculturalidad y el choque intercultural. Los objetivos consistían en acercar a los participantes los conceptos de cultura, inter y multiculturalidad, choque cultural, mediación y aceptación cultural. Se dividió a los jóvenes en tres equipos. Para ello Jorge, el director de la actividad, utilizó la fórmula aplicada en días anteriores. Cada uno se situó en un espacio diferente e independiente del resto. Se diferenciaron en la forma de vestir. Unos irían de color rojo, otros de azul y los que quedaban de verde. Antes de comenzar, se les informó de unas tareas comunes que debían conocer. Sois miembros de una Asociación dentro de una cultura específica. El Consejo de Europa ha convocado a varias organizaciones de diferentes países para discutir sobre la futura Campaña "Para la diversidad y la participación" comentaba cada líder a los suyos- A esta reunión se enviará a 5 representantes que podrán asistir a la negociación de la Campaña. Las tres Asociaciones tienen que llegar a un acuerdo para elegir a cinco de esas personas que representen a las culturas de las tres Asociaciones en los encuentros con el Consejo de Europa. Tenemos que hacer una reunión conjunta en la que las tres entidades lleguemos a un acuerdo sobre qué personas van asistir a ellas.

Cada parte tenía que pensar en la forma cultural que iban a representar y no en la que estuvieran haciendo los otros. Había tres bien diferenciadas y que conformaban, igualmente, culturas distintas y formas de ver la vida muy dispar. El primero iba vestido de rojo, era el de Juan. Se trataba de un pueblo muy meticuloso y muy dado a la puntualidad, no soportaban la pérdida de tiempo y menos llegar tarde a las reuniones. El segundo y de color azul desplegaban buena educación, paz y amor. Debían representar a un pueblo que vivía en armonía y que quería que todos fueran como ellos. El tercero eran los verdes, muy machistas sin dejar que sus mujeres pudieran hablar con los demás. No hablaban con nadie, y si alguien se les acercaba demasiado, huían. Por tanto, el panorama no era propicio para el entendimiento entre culturas. Debían ponerse de acuerdo para intentar que los cinco participantes que debían elegir formaran parte de la campaña para la diversidad y la participación. Todo comenzó como era de esperar. La cultura roja reprochaba a la azul su falta de saber estar y su constante fiesta. Por el contrario, éstos no les reprochaban nada, solamente les pedían que estuvieran en armonía con el universo y con sus semejantes. Los verdes tenían una forma de ser muy peculiar, la comunicación con ellos no se podía llevar por canales normales sin permitir que se les acercasen a más de un metro de distancia. Además, no podían hablar con ellos ya que su cultura no se lo permitía. En fin, un caos que no posibilitaba ningún punto de encuentro. El monitor encargado de la actividad intentaba por todos los medios que hubiera un mínimo de entendimiento. Tanto se metieron en los papeles que no hubo forma de llegar a un entendimiento entre todas las partes. Lo que sí hubo fue una experiencia única, divertida y de clarividencia ante lo que sucede en nuestro mundo. Al final, cuando Maite paró aquel caos ya que Jorge se involucró y participó con la cultura azul, puso de manifiesto la verdadera esencia de la realidad latente en nuestros días.

-- "Vivimos en un mundo un tanto especial. Todos aprendemos a hacer, ver y percibir a lo largo de nuestras vidas en un proceso de socialización cultural. En este proceso, nos encontramos con personas y pueblos diferentes que tienen una percepción diferente de la realidad, incluso existe una diversidad ilustrada dentro de ella misma puesto que ninguna es del todo homogénea" –decía Maite a todos, mientras el resto terminaba de sosegarse después de la actividad-

-- "Es cierto todo esto y todos lo podemos constatar en los medios de comunicación. Cuando dos culturas distintas toman contacto pueden darse situaciones de confusión y malentendidos, o dicho de otra forma, se produce un choque educativo que lleva consigo una confrontación y no un entendimiento". –Intervino Jorge-

-- "¡Eso es así! la comunicación, el respeto y la empatía nos ayudarán a entender el punto de vista del otro. Llegaremos a un diálogo intercultural que siempre conlleve una mediación". –Dijo Maite de nuevo, reforzando lo que había comentado Jorge-

-- "Pues eso, queridos amigos, es lo que hemos querido poner de manifiesto con este juego" –Volvió a decir Jorge- "todos los días nos enfrentamos a contextos en las que hay un choque de formas de ver las cosas en la vida con los demás. Y esas situaciones o conflictos deben de ser canalizadas y ordenadas de forma positiva por mediadores como vosotros. Ese es un cometido importante para todos los que nos dedicamos al trabajo con jóvenes y los intercambios con otros países. Recordad esta experiencia teatral que hemos representado para que os ayude a mediar a la hora de resolver situaciones cotidianas". –Terminó diciendo Jorge a los que se encontraban en la sala-

Cuando todo terminó y se asearon, algunos se agruparon para realizar una especie de botellón en el parque aledaño al albergue. Otros, como Juan y Helena, se preparaban para pasar la noche juntos. Juan no se podía resistir a estar sin ella, sin ver de nuevo esos ojos y esa sonrisa, sin tocar ese rostro y sin acariciar ese cuerpo. Deseaba que el tiempo, que para algunas cosas corría tan deprisa, se detuviera eternamente en esa noche. Quería compartir sus sentimientos con aquella persona que había sido capaz de comprenderlo, de hacerle sentir que estaba vivo. Esa noche, sus almas se entrelazarían pero no se unirían.

Toda historia de amor tiene su fijación en alguna canción del pasado o del presente que queda como sello de ese encuentro y para esta no iba a ser menos. Antes de verla y pedirle que pasaran la noche juntos, tarareaba con nostalgia y amargura, unos versos que recordaba frente al cristal de la ventana de la sala de estar del albergue. Ésta quedaría grabada en su mente para siempre.

"Déjame esta noche soñar contigo.
Déjame imaginarme en tus labios los míos.
Déjame que me crea que te vuelvo loca.
Déjame que yo sea quien te quite la ropa.
Déjame que mis manos rocen las tuyas.
Déjame que te tome por la cintura.
Déjame que te espere aunque no vuelvas.
Déjame que te deje tenerme pena.
Si algún día viera con la manera de hacerte mía,
siempre yo te amaría, como si fuera siempre sería.
Qué bonito sería jugarse la vida, probar tu veneno.
Que bonito sería arrojar al suelo la copa vacía.
Déjame presumir, de ti un poquito.
Que mi piel sea el forro de tu vestido.
Déjame que te coma solo por los ojos,
Con lo que me provocas yo me conformo.
Déjame esta noche soñar, soñar, contigo."

Al poco de estar allí contemplativo apareció ella con esa sonrisa que acompasaba con la expresión de sus ojos. Unos ojos que brillaban con un tono especial. Juan se dirigió hacia ella y agarrándola con suavidad por la cintura la apartó hacia una de las columnas de la entrada del albergue.

-- "Hola" -Le dijo Juan mirándola a los ojos sin pestañear-

-- "Hola" -Respondió ella sin dejar de sonreír y mirándolo, igualmente, con ojos cautivadores-

-- "Llevo todo el día sin verte y me moría por abrazarte y por besarte". -Le dijo mientras acercó sus labios a los de ella para besarla repetidamente-

-- "Yo también. Ya te has ido y ya te extraño. Necesito saber de ti a todas horas" -Le dijo Helena con una mirada tierna y enamoradiza-

-- "A mí me pasa igual dicen que hay tantos días en un minuto, que sufro al saber que se me pasan sin verte. Esto es tan breve, que no es vida, es más bien un acto importado a la realidad. Por tanto, no quiero ser espectador sino actor de esta historia".

-- "A mí me ocurre lo mismo, quiero ser partícipe de él" – Le replica Helena, mientras los dos se funden en un gran beso-

-- "¿Consideras bien volver a vernos esta noche?"

-- "Aunque eres cauto, guapo y templado, podría compararte con el sol. Deslumbras con tu locuaz forma de decir las cosas. Considéralo como un sí".

-- "Esta noche quiero dormir contigo"

-- "De acuerdo pero tendremos que solucionar el tema de las habitaciones".

Se volvieron a encontrar a solas en el cuarto. Sentados en la cama ella le hizo una pregunta que sería clave esa noche.

-- "¡Juan! A tu edad los hombres soléis tener hijos. ¿Tú tienes hijos?"

-- "Sí…" –le contestó sin dudar, esperando una gran hecatombe- una hija pequeña.

Esto hizo que Helena se quedara fuera de sí y que Juan se derrumbara. Su sensibilidad le hizo llorar mientras explicaba a Helena la situación con su mujer.

-- "Hace más de tres años que no tengo relación con mi mujer. Convivo con ella por estar cerca de mi hija y verla crecer". -Le dijo con lágrimas en los ojos-

-- "Considero que eres franco al decírmelo y no haber intentado ocultármelo. Pero me siento una como a la que le quitan un caramelo de la boca y tal vez creo que esto nos puede venir bien a los dos como terapia. Yo… también hace unos años que terminé la relación con mi novio".

-- "Tal vez tengas razón, pero mi amor no es una mentira" –Dijo él-

-- "El mío tampoco, me entregué por completo a alguien que considero especial".

-- "Realmente no sabía cuánto te amaba hasta ahora. Después de hoy, tal vez nunca vuelva a ver tu rostro. Nuestro final llegará, lamentablemente" -Le replicó Juan emocionado-

-- "Recuerda que después de esto permaneceré, ya por siempre, unida a ti y tú a mí". –Afirmó Helena-

Y de nuevo el silencio acaparó todo el escenario donde se hallaban. Las lágrimas brotaban mientras los abrazos y las caricias se prodigaban sin cesar. El sol era de nuevo derrotado por la luna envidiosa que quería lucir sus mejores galas ante unos enamorados que se encontraban tumbados sobre la cama, pero qué triste y acongojada volvía a palidecer al contemplar la hermosura de aquella joven. La oscuridad se apoderó del espacio de amor donde después de un largo y apasionante estallido de pasión el astro fue testigo mudo, una vez más, de aquella situación de amor que se estaba produciendo entre ambos.

9. Domingo. Retorno a la cruda realidad.

Se despertó en un cuarto amplio lleno de luz deslumbrante que entraba por un gran ventanal que tenía una vista maravillosa hacia el pueblo. Lo más hermoso y maravilloso fue abrir los ojos y contemplar a Helena junto a él. Una mujer tierna y encantadora que le había hecho sentirse muy feliz.

-- "Esa luz que entra por la ventana no es la luz de la mañana, estoy seguro" —comentaba Juan a Helena, mientras la acariciaba por la espalda- "así que quédate aquí conmigo. Te haré prisionera para que no puedas partir".

-- "El día despierta y el albergue con él. Es un nuevo día que viene acompañando a un nuevo mundo" —respondió ella-

-- "Toc, toc. ¿Hola?" —Se oyó una voz detrás de la puerta-

-- "¡Oigo a alguien llamar a la puerta!" —Dijo Juan-

-- "¡Ya voy Carolina!" —Contestó Helena- "espera un poco, vuelvo enseguida". —Le dijo ahora a Juan, mientras se colocaba algo y acudía a entreabrir un poco la puerta-

-- "¡Bendita noche! pero temo despertar y ver que todo ha sido un sueño". -mientras se echaba la sábana por lo alto-

-- "¡Buenos días, Carolina!" —Dijo Helena, entreabriendo un poco la puerta-

-- "¡Buenos días, Helena! quería decirte que ya es hora del desayuno. ¡No vayáis a llegar tarde!" —le dijo con cierto rin-tin-tin-

-- "¡Vale! No te preocupes" —Le respondió Helena, cerrando la puerta y volviendo a la cama-

Aprovecharon sus últimos momentos para acariciarse y besarse, se vistieron y cada uno preparó su maleta. Guardaron todo lo que habían traído y mucho más. Un sinfín de recuerdos que las harían más pesadas aún. Bajaron al comedor y desayunaron. Las maletas las dejaron a la entrada. Sus miradas se encontraron repetidas veces pero esperaron a la salida. Una vez terminaron se dirigieron al exterior del comedor junto a la escalera verde que conducía a los aparcamientos en los que estuvieron la primera noche. Era curioso, pero esa mañana no apareció por ningún lado el extraño hombre que todos los días se encontraba para desayunar, almorzar y cenar. ¿Habría sido real su presencia? ¿Quién era esa persona?

En el ambiente se respiraba un aire de melancolía que los envolvió a los dos mientras se agarraron por la cintura y sus bocas se acercaron para despedirse con un largo y eterno beso. Mirándose uno al otro a los ojos se quedaron en silencio durante un rato. Después, cuando ambos los abrieron se volvieron a mirar y Juan le susurró:

-- "¡Hasta pronto! o ¡hasta siempre!"

-- "¡Hasta pronto! o ¡hasta siempre!" -Repitió ella-

-- "¡Se acabó la obra! hemos sido unos románticos y ya ves lo que nos han traído los sueños". —exclamó Juan apesadumbrado-

-- "¡Juan!" —Le dijo Helena- "todo cuando nos ha ocurrido fue obra nuestra, nosotros decidimos entrar en escena. Te juro que no me arrepiento de nada. Ha sido lo más maravilloso que me ha ocurrido hasta ahora".

-- "Yo tampoco me arrepiento, para mí también ha sido muy especial" -con lágrimas en los ojos-

-- "Hagamos, pues, que sea eterno y que permanezcamos unidos aunque estemos separados". —Helena también sollozaba-

Y sin mediar más palabras y tras unos segundos para fijar en la retina de sus ojos y en lo más profundo de su ser aquel momento y aquella cara que tal vez jamás volvería a contemplar, él se giró, cogió su maleta y descendió los cuatro escalones metálicos que accedían a la salida del albergue. Sin mirar atrás comenzó a caminar mientras su silueta se perdió a lo lejos. Los dos tenían algo que contar y la historia tenía a dos seres que recordar.

Nuevamente solo, comenzó su retorno a la cruda realidad. Desolado y vacío por la pérdida que dejaba atrás esperó el autobús cobijado en una marquesina que lo llevara a San Sebastián. Conforme abandonaba la población sintió una enorme reminiscencia de nostalgia que lo desgarró profundamente por dentro. Añoró aquellos días pasados en aquellos rincones, plazas y calles de Zarauts. Un pueblo que cambió su perspectiva con respecto a los vascos y en el que su vida viró ciento ochenta grados para no ser ya la misma desde ese momento. A medida que iba dejando atrás esta bella localidad, le vinieron imágenes a su mente que lo envolvían en una empalagosa situación emocional que le supuso un gran esfuerzo por reprimir el llanto y las lágrimas como forma de desahogo ante tanta tensión acumulada. Como le dijeron en días pasados: Nuestra lavadora interior sigue dando vueltas y muchas veces no sabemos cómo pararla —Juan reprimía sus lágrimas-

Todo se conformaba igual que el día que llegó, pero a la inversa. El camino hasta San Sebastián se hizo corto. Cuando no quieres abandonar algo o a alguien, más rápida es la partida y más apresurado pasa el tiempo. Llegó a San Sebastián con suficiente antelación, lo que le hizo permanecer en ella durante más de dos horas, deambuló por los alrededores de la estación. Meditativo y arrastrando su maleta fue caminando por calles y parques que aparecían en su recorrido, mientras esperaba la hora de su partida hacia Madrid. El regreso y la llegada no iban a ser igual que en otras ocasiones. Esta vez volvía cargado e impregnado de demasiados recuerdos como para que todo volviera a la normalidad. Las cosas no marchaban bien antes de su partida y, desde luego no iban a ser mejores en su regreso. Pero algo si menguaría, su nuevo rumbo estaba a punto de virar a merced de los nuevos vientos que desde el norte habían soplado en otra dirección. ¿Serían para mejor? esto era algo que Juan no sabía predecir con certeza, pero si tenía clara una cosa desde hacía mucho tiempo: las cosas en su vida no ocurrían por casualidad, sino que tenían un sentido y una explicación a largo tiempo. Aunque no supiera encontrársela en el momento presente, el futuro próximo sería el que le daría esa respuesta.

Se marchó hacia el norte cruzando un sendero de forma solitaria. Ahora volvía de la misma manera, solo y con un gran galimatías en su interior. Con más dudas que respuestas, pero con un gran crecimiento interior. Dejó atrás la realidad que le asfixiaba, ahora se preguntaba: ¿De qué me ha servido todo lo vivido?, Si mañana volverá la luz del día y de nuevo me sumergiré en mi cruda realidad, ¿por qué no soy capaz de romper con todo e iniciar otro camino? El recuerdo me seguirá siempre y será eso, evocación que me acompañará y me devorará por dentro hasta mi último aliento.

Y en lo alto del escenario que conformaba el camino de la historia de su vida, comenzó un regreso hacia las antípodas de lo que había sido el sueño real más dulce de toda su vida. Su nuevo viaje, con destino al sur, comenzó sin opciones de respuesta ante los retos que se le habían planteado ¿dejarlo todo y comenzar otra vida?, ¿Intentar vivir esa historia de amor?, ¿Descubrir la felicidad?, ¿En qué apoyos se sostendría para intentar ser feliz?, ¿En el amor hacia sí mismo?, ¿En tomarse las cosas con sentido del humor?, ¿En ser aguerrido y grande de espíritu?, ¿En aprender de lo vivido como experiencia para seguir creciendo? O por el contrario construirse una felicidad ficticia que se centrara en el vivir al día.

Muchas cuestiones sin responder y que debía ir abordando poco a poco en los próximos días, meses y tal vez años. Sentado en un asiento de autobús dejaba su mente en blanco viendo pasar la belleza del paisaje a través de los cristales, mientras llegaba a la capital. Desde allí partió hacia la eterna y hermosa Córdoba. A partir de ese momento, abordó de nuevo su agobiante rutina de vida.

Llegó a su tierra con una sensación algo fría, aunque el tiempo era espléndido. Todo era un movimiento de gentes que iban y venían. Muchas personas eran recibidas por sus seres queridos entre besos y arrumacos. Él parecía un fantasma que pasaba desapercibido entre tanto amor y caricias. Siempre añoró llegar a la estación y ver de fondo esperando a su hija con esa emoción que tienen los niños y las niñas de saludar a su padre y abrazarlo. Poder llegar y llenarla de besos, esperando esa pregunta que todos hacen: "¡Papi! ¿Qué regalito me has traído?" pero eso era algo que le había sido extirpado por culpa de su mujer. Una persona amargada y enferma que no se daba cuenta del daño que le hacía a su hija.

Al cabo de unos días los contactos por teléfono y por e-mail con Helena fueron muchísimos. No se resistieron ninguno de los dos, a dejar que se diluyeran esas emociones vividas que seguían estando latentes en el interior de ambos. Pero todo era estéril, sin ver ese rostro, sin contemplar esa sonrisa.

-- "¡Hola Juan! sólo quería decirte que como bien dijiste el otro día, si alguna vez necesitas algo de mí, aquí estaré. Cuando hablamos, estaba pensando en otras cosas y no podía hablarte de amistad. Espero que estés bien, te deseo lo mejor a ti y a tu familia". -Escribió Helena vía e-mail-

Su contestación fue inmediata para contarle como se encontraba y cómo estaba sintiendo ese alejamiento de ella.

-- "¡Hola Helena! Me alegro tener noticias tuyas y de saber que estas ahí. He tenido tentación de llamarte después de la última vez pero reprimí esos impulsos por respetar tu decisión. Yo lo sigo pasando mal y sigo acordándome de ti. He estado a punto de no contestar a tu e-mail, por dejarlo todo en un rincón de mí para siempre. Me aceptaron como participante en un seminario internacional de juventud que comienza la próxima semana. También he pedido a un conocido que me ayude a buscar trabajo en la parte sur de Francia para marcharme un tiempo y estoy a la espera de noticias. Necesito un cambio de todo, mil y una cosas que mantienen mi mente ocupada. Espero que tu dinamismo, tu simpatía y tu gracia te lleven a conseguir lo que te propongas. Estoy convencido de ello. No pierdas nunca esa sonrisa. Un beso muy grande".

Los mensajes continuaban y mucho más las ganas de verse por ambas partes aunque no terminaban de decidirse. Sobre todo Helena, que quería compartir una historia con Juan pero se lo impedían sus valores éticos. Juan seguía estando con su mujer y ella no era mujer para estar irrumpiendo en otras vidas. Si Juan no decidía romper y ser libre de nuevo, ella lo tendría muy difícil para estar junto a él.

-- "¡Hola Juan! Imagino que habrás leído mi último mail. No sé qué pensarás de lo del café, lo mismo no sabes qué hacer. No quiero marearte pero de nuevo siento que es mejor no verte. Perdona por favor. Siento que no es momento. Espero no haberte molestado mucho. Quiero que sepas que creo que eres muy buena persona y que no has actuado de mala fe. Tu sensibilidad me ha llenado el corazón y me ha hecho feliz. Te quiero dar las gracias por los momentos de plenitud que me has dado   y los que me has dejado darte. Creo que los dos lo necesitábamos. Como siempre te deseo todo lo mejor. Un beso muy grande".

-- "¡Hola Helena! leí tu e-mail y la verdad es que no he contestado antes por "miedo" a no saber qué hacer o como actuar. A mí no me mareas, bueno sí, pero entiéndelo bien. No tienes que perdonar nada y no me molestas en absoluto. Considero que nos vendría bien vernos para situarnos y calmar nuestro interior. Podríamos vernos, hablar y almorzar juntos. Los dos lo agradeceríamos. Si te parece mándame un OK para saber que estas de acuerdo y ya te llamo yo. Un besote muy grande".

Pasados unos interminables días, Juan recibió un nuevo correo electrónico que decía así:

-- "Ahora mismo, prefiero no verte. Dentro de un tiempo me encantaría poderme tomar un café contigo o almorzar tranquilamente como amigos, cuando yo pueda ofrecerte esa amistad "en persona". Un abrazo y espero que estés muy bien".

Esto lo rompió en mil pedazos. Apesadumbrado y viendo venir esta contestación desde hacía semanas, se resistió a perder a quien había amado tanto. Pero de nuevo, comprobó que todo tenía un porqué y aunque ahora no lo sabía, tal vez lo pudiera descubrir en el futuro. Si su camino era encontrarse con ella más adelante, ese camino se vislumbraría en su horizonte tarde o temprano. Pasados unos meses sin escribirse y siguiendo con su ritmo normal de vida Juan tuvo un desencuentro con su mujer. Ella le comentó en presencia de su hija pequeña:

-- "¿Qué pasa con lo nuestro?" -Desafiante-

-- "¿Con lo nuestro?"

-- "Sí, Con lo nuestro"

-- "Lo nuestro hace más de tres años que murió ¿no te has dado cuenta hasta ahora?"

Mientras tanto, Cassandra se encontraba en medio de este torbellino de palabras que salían de las gargantas de sus progenitores. Ella miraba hacia arriba con esos dos bellos y grandes ojos que tenía. Quieta en su lugar, giraba su cuello a la par que hablaba uno u otro. No sabía a ciencia cierta qué les ocurría a sus padres. En ese mismo momento la mujer de Juan irrumpió con un comentario que lo dejó helado.

-- "¡No te equivoques conmigo!"

-- "¿A que te refieres con eso?" –contesta él-

-- "¡Ten cuidado! que te puedo denunciar por acoso psicológico. La ley está de mi parte en estos casos"

-- "¿Me estás amenazando?" –Con gran enfado-

-- "¿Yo? ¿Entonces que es lo que piensas hacer?"

-- "¡Mira! tenemos una niña que criar y a la que dar un porvenir e intentar que sea feliz"

-- "¡Eso de que tenemos una niña en común es lo que tu te piensas!, ¡Tú crees que la niña es tuya!, ¡Eso es lo que crees!" –Dijo con maldad-

-- "Si crees que con eso me vas a sacar de mis casillas, estás equivocada. El apego que tengo por la niña hace que la quiera tanto, que sea o no mía, me es igual" –respondió Juan con rotundidad-

Y así siguieron discutiendo sin reparar en Cassandra, que atónita presenciaba toda la escena sin saber muy bien qué es lo que estaba sucediendo. Al año de este viaje al norte, Juan se separó de su mujer. Con gran pena por tener que dejar a su hija y tenerla que ver de forma esporádica y a merced de la decisión de un juez pero era ya la única solución ante la evidencia de la defunción de su matrimonio.

Aunque tuvo tentaciones de volver a entablar contacto con Helena una vez había roto sus vínculos con su cónyuge y era libre para poder rehacer su vida de nuevo, su sentido común le indicó que la dejara vivir en paz y que pusiera todo en manos del universo. Si sus caminos se tenían que encontrar, se encontrarían. Si no fuera así, sólo le quedaba crecer como persona con ese legado del que había sido agraciado en su vida. De alguna forma se encontró como el jugador que había jugado a todo o nada. El ganador se lo llevaba todo. El perdedor lo perdía todo. En su caso, sus sensaciones le hacían sentirse como el segundo.

Su viaje al norte fue un regalo de un vendedor de sueños que le dio un día, la oportunidad de coger la pluma y reescribir su nuevo destino ¿realmente lo supo aprovechar? Un cuento para su buscador de historias. Ese buscador interno que ahora tenía que encontrar y que le haría dar sentido al vacío interno en el que se había convertido su profundo y hondo dolor. Un alma errante sin rumbo en un océano de grandes incógnitas, a las que tenía que hacer frente sin mástiles y casco que lo sostuviera, sin velas que lo ayudaran a avanzar y sin timón para coger la dirección que lo condujera a ese conocimiento de sí mismo que lo encajara de nuevo en el puzle de su realidad global que lo envolvía. Pero… ¿era esa su realidad?, ¿realmente se encontró alguna vez?, ¿O vagaría eternamente errante como fantasma pirata en el mar? Muchas preguntas a responder y pocas respuestas que darse. A lo mejor, tenía que decirse lo contrario.

Pocas preguntas que hacerse y muchas respuestas que contestarse. Se arriesgó y no supo sacar las cartas correctas en el momento apropiado. Perdió, pero aprendió a intentar levantarse una vez más. —Siempre adelante, nunca hacia atrás, aprender una y otra vez, reinventarse a cada instante. Todo esto está en el sentido de nuestra existencia -se repetía, una y otra vez como terapia para superar lo que siempre fue y nunca llegó-

Hacía más de dos horas que Juan, recostado sobre una cama de sábanas blancas de hospital, relataba su odisea de hacía años a una joven alta y muy bien parecida que se encontraba sentada junto a él en aquella habitación. Una habitación de paredes azules y luces de color pastel. En silencio, con una lágrima deslizándose sobre su mejilla, sonreía mientras sus ojos no perdían de vista la cara de aquel anciano que yacía preso, boca arriba en aquel lecho. Aquella joven, Cassandra, dejando caer tiernamente su cabeza hacia la derecha, sin dejar de mirarlo, entre un pequeño sollozo sonrió y pasó cariñosamente su mano derecha sobre la frente de su padre. Luego la descendió por su cara hasta llegar a la barbilla. Acercó sus labios a su frente y lo besó, para luego decirle al oído

--¡Te quiero mucho, papá!

-- ¡Y yo a ti también, mi niña!, ¡y yo a ti también! Le contestó, sin dejar de mirarla a los ojos.

Pero antes de que lo dejara descansar, le pidió que se aproximara para dejarle un legado a modo de testamento ideológico.

--Antes de que vayas, quiero que recuerdes algo toda tu vida. ¡Tenlo presente siempre! sobre todo en los momentos más duros.

--Te escucho papá.

-- En la vida, hay algo importante que debes tener claro: Nacemos y morimos solos. Somos irrepetibles. En ese recorrido camina siempre hacia delante. Ten a la vida presente como un reto y como tal ¡Afróntala! Es ella, la que nos va empujando hacia adelante. Solamente, con un espíritu abierto y unas manos vacías podrás agarrarte a ella y aprender cosas nuevas. Ese aprendizaje lo tendrás en todas partes y hasta el final de tus días. Por tanto, ¡abre bien tus ojos! Y mira la belleza que te rodea. La emoción es otra parte de ella ¡se curiosa! Cuídala como una gran amiga. Te regalará muchas cosas, también te las quitará. Pero sé siempre agradecida por todo ello.   La vida es amor ¡Vívela honesta y profundamente!, con mucha esperanza ¡Nunca la pierdas! Tampoco dejes de creer en algo ¡hazlo siempre! La vida es verdad ¡No la traiciones! Recuerda que tiene una meta ¡Trata de llegar a ella! Y por último, lo más importante que no debes perder de vista y ser consciente: La vida también es muerte. Morimos un poco cada día, ¡se consciente de eso!

-- "Después de un pequeño silencio, Cassandra lo cogió de la mano. Le dio las gracias, un beso y con una gran sonrisa lo dejó descansar".

Ese susurro de su hija y ese contacto de su mano recorriendo su rostro le evocaron sensaciones que en multitud de ocasiones, Juan había experimentado cuando Cassandra fue pequeña. Sintió una sensación de satisfacción, de plenitud interior que le provocaba una paz espiritual que le ayudaba en el camino de su próximo destino.

-- "Mañana volveré a visitarte, papá -su voz era dulce y susurrante-

-- "¡Hasta mañana!" -respondió él, mientras sus ojos comenzaron a brillar de nuevo y sus retinas se esforzaban en focalizar, frente a la cortina de lágrimas que invadían sus ojos, la silueta de la mujer que un día fue su niña-

Al día siguiente y antes de que llegara su hija, Juan murió sólo y feliz, en la habitación de aquel hospital. Había abandonado el mundo de los vivos —como diría Séneca- contento de haber compartido con su hija su historia de amor en aquel inolvidable viaje al norte, con el recuerdo vivo y presente de aquella joven, Helena, con la que compartió una corta pero intensa aventura de pasión que le hizo cambiar su vida. Pero… al final de su existencia cabría preguntarse si Juan encontró su rumbo, o por el contrario vagó insistentemente sobre las aguas de la nostalgia durante toda su vida.

Alguien le comentó una vez que la pregunta a hacernos no debería ser aquella de si hay vida después de la muerte, todo lo contrario ¿hay vida antes de la muerte? O es simplemente un sueño que nos servirá como experiencia en nuestro próximo despertar, ¿supo al fin dar respuesta a los versos que encontró en la ermita?, ¿Supo bajar, para después subir?, ¿Supo perder, para luego ganar?, ¿Supo sufrir, para terminar ganando? ¿Murió para vivir?

10. Recordatorio y agradecimientos.

Hace mucho tiempo, tuve la suerte de realizar un viaje al norte. Duró cerca de tres años y medio. En él descubrí otra forma de ser y de entender las cosas. Pude ver y escuchar como los prejuicios y estereotipos que tenía, esta gente, sobre los que vivíamos en el sur eran muy erróneos. El viaje llegó hasta Valladolid.

Pasados los años, de nuevo volví. Pero esta vez fue hasta arriba del todo, o sea, hasta el País Vasco. Siempre me habían fascinado estas tierras indomables, de personas arraigadas a sus costumbres y cultura. Ahora retorné a ver como caían los estereotipos que teníamos, los del sur sobre los del norte.

Mi formación y experiencia en Juventud y Deportes, me hicieron agraciado de trabajar en lo que realmente me gustaba. Era feliz, aunque se dice que la felicidad no es hacer lo que nos gusta, sino que nos guste lo que hacemos. Este era mi caso. Esta práctica con el programa Juventud en acción, desde el año 2005, me hizo abrir las ventanas de mi mente para descubrirme toda una nueva perspectiva en la vida. Hoy en día, los jóvenes tienen una gran cantidad de oportunidades para viajar y conocer el mundo como nunca antes se había visto. Posibilidades de contactar con otros jóvenes de otros países, de trasladarse a estudiar idiomas, terminar estudios, hacer intercambios, proponer iniciativas, marcharse a realizar el voluntariado, y un largo etcétera., que posibilita un cambio de mentalidad, madurez y sentido de la vida muy grande para crecer como persona.

Mi recordatorio y agradecimientos comienzan con una profesional del trabajo con jóvenes, Ángela, que me inició en esto y a la que debo darle las gracias. A los intercambios juveniles y seminarios en los que pude participar y que son difíciles de olvidar como París, Tautavel, Lezignan, Port Vendre, Carcasson, Perpignan y tantos otros lugares de Francia. A los intercambios juveniles y encuentros realizados en Lisboa, Oporto y Braga en Portugal. Al viaje a Bruxelas, Gante y Lieja en el que descubrí ese espíritu juvenil que envuelve la vida de los estudiantes Erasmus. A los seminarios celebrados en Málaga, Córdoba, Alfaz del Pi (Alicante), Ceuta, Águilas (Murcia) entre otros lugares de la geografía de España. En especial, al seminario-curso de Zarauts (País Vasco) donde descubrí que podía escribir esta novela. A todos los jóvenes y no tan jóvenes que he conocido en mi recorrido por Europa. A los Españoles, Franceses, Belgas, Italianos, Rumanos, Estonios, Croatas, Serbios, Polacos, Daneses, Griegos, Alemanes, Letones, Portugueses, Paraguayos, Turcos, Búlgaros y tantos otros, que me han ayudado a cambiar mi perspectiva de las cosas y de la vida. Y también a la Agencia Nacional Española (INJUVE) y sus delegaciones territoriales por su trabajo diario con las asociaciones y los jóvenes españoles que participan en este tipo de actividades. Por supuesto, también a la comisión europea por su apuesta decidida por la Juventud.

Mi agradecimiento a todos y a todas por haberme enseñado tanto y por haberme dado más de lo que merecía. Por este motivo, mi gratitud más sincera y eterna.

Títulos de Ediciones Moreno Mejías

Colección Narrativa
Alteraciones de Luis Robledo Soler Arteaga.
De libros, cafés, viajes y sueños de Fernando Gómez Mancha.
El cuerpo desobediente de Fernando Gómez Mancha.
Monerías de Manuel Pichardo.
Nunca cerraremos los ojos de Mª Dolores Fernández Sánchez.
... porque ves vivir de Begoña de Miguel Mena.
Prólogo de la próxima vida de Marta Rial Crestelo.
Siete cuentecitos sobre el existir de Fernando Gómez Mancha.
Soñé con Ursula de Manuel Bermejo Pradas.

Colección Poesía
Antología de Ágora del grupo poético Ágora.
Antología personal de Manuel Senra.
Brújula del insomnio de Beatriz Ruiz Granados.
Desafío de Ana Mª Saldaña Fernández.
Dulce poesía de Dulce García Acedo.
El desnudo y la tormenta de Manuel Guerrero Cabrera.
En este extraño mundo de Lorena Salas Ruano.
Estuario de Xavier Frías Conde.
Las horas muertas de Mª Jesús Soler Arteaga.
Por ser pintura de mis sueños de Francis Campos Jareño.
Tinta en el almanaque de Anabel Caride.
Todos los días sin tu nombre de Juan Antonio Molina Gómez.
Colección Poesía Ilustrada
Isla de resistencia de Virginia Salas Ruano.

Tiempo de Espigas de Filippo G. di Bennardo y Fernando G. Mancha.

Colección Ensayo Literario
El beso de la palabra de Filippo Giuseppe di Bennardo.
Tango. Bailando con al literatura de Manuel Guerrero Cabrera.

Colección Teatro
Dignipiritutiflaútico y Lunáticos de Manuel Senra.

Colección Cuadernos de Viaje
Diario de Alimaña de Fernando Enríquez Almorín.
Pues muerte, lo es de Marta Rial Crestelo.

Título: VIAJE AL NORTE
Autor: PEDRO ROJAS PEDREGOSA
Diseño de cubierta: PEPE COLLADO
Ilustración cubierta: PEPECOLLADO
Corrección gramatical: REGINA PEÑASCO GARCÍA, OIHANE IGLESIAS
TELLERÍA Y OTRO.
Editorial: EDICIONES MORENO MEJÍAS. EDITORIAL WANCEULEN.
  C/ Cristo del Desamparo y del Abandono, 56. 41006. SEVILLA.
  Teléfonos: 954656661 – 954921511 – Fax: 954921059.
www.edicionesmorenomejias.com
ISBN:978-84-9993-282-8
Depósito Legal: SE 4085-2012
© Copyright: EDICIONES MORENO MEJÍAS. EDITORIAL WANCEULEN.
Primera edición: Otoño de 2012.
Impreso en España: Publidisa.
